クールな女神様と一緒に住んだら、甘やかしすぎてポンコツにしてしまった件について2

軽井　広

HJ文庫
1038

口絵・本文イラスト　黒兎ゆう

CONTENTS

Karui Hiroshi
Presents
Illust. by Kuroto yuu

第二話　女神様のお義父さん？

chapter.1

俺《おれ》たちはびしょびしょのずぶ濡《ぬ》れになって、アパートの部屋の前に戻《もど》ってきた。髪《かみ》も身体も雨に浸《ひた》されていて、俺も玲衣《れい》さんも制服は濡れ雑巾《ぞうきん》のようにぐっしょりと重たくなっている。

互《たが》いの姿を見て、俺たちはくすくすと笑った。でも、早くなんとかしないと風邪《かぜ》を引いてしまう。

玄関《げんかん》の扉《とびら》を開ける。夏帆《かほ》が待っているはずだ。

ところが、夏帆の姿はなかった。どうしたんだろう？

夏帆は待っていると言っていたのに。

食卓《しょくたく》の上を見ると、「ごめんなさい。先に帰るね」と走り書きがあった。それは夏帆らしいとても可愛《かわい》い字だったけど、何か嫌《いや》な予感がした。夏帆が帰った理由を考えはじめたとき、玲衣さんが俺の袖《そで》を引っ張った。

見ると、玲衣さんが頬《ほお》を膨《ふく》らませて俺を睨《にら》んでいる。

「晴人《はると》くん……佐々木《ささき》さんのこと、考えてるでしょ？」

「そうだけど……」

「わたしの前で他の女の子のことを考えるのは嫌だな」

「どうして？」

と反射的に聞いてから、俺は後悔《こうかい》した。

理由はわかりきっている。

玲衣さんは顔を赤くした。

「晴人くんの意地悪……。わたしがやきもち焼いているからに決まっているでしょう？」

「ご……ごめん」

「ダメ……だったかな？」

「それに、晴人くんはこの家にわたし以外の女の子を入れた」

「だって、ここは晴人くんとわたしの家だもの。なのに、この部屋で晴人くんは佐々木さんと抱《だ》き合って、キスしたんだよね」

「ええと、玲衣さん。まずは着替《きが》えてお風呂《ふろ》に入らないと風邪引くよ」

「話をそらそうとしても、許さないから」

玲衣さんは逃《に》げようとする俺をつかみ、ちょっと楽しげに微笑《ほほえ》んだ。

いや、本当にまずは服とかどうにかして、このずぶ濡れ状態をなんとかしないといけないと思うんだけど。

俺がそう言うと、玲衣さんは不満そうに俺を見たが、やがていいことを思いついたというように、ぽんと手を打った。

そして、玲衣さんは俺にすっと近寄った。俺は慌《あわ》てて後ずさろうとして、壁《かべ》にぶつかる。完全にさっき夏帆に迫《せま》られたときと同じ構図だ。

「ね……晴人くん。わたしのわがままを聞いてくれない？」

「ど、どんなこと？」

「二つあるの」

甘《あま》えるように玲衣さんが俺の耳元でささやく。玲衣さんの吐息《といき》が耳を打ち、俺は赤面した。

「一つ目。できればでいいんだけど、わたし以外の女の子をこの家に入れないでほしいの。わたしたち、恋人《こいびと》のフリをしてるんだもの。この家はわたしと晴人くんだけの空間がいいな」

「でも……」

「無理だったら……いいけど」

「いや、そうするよ。夏帆以外の女の子は家に入れない」

「やっぱり佐々木さんは特別扱《あつか》いするんだ？」

「夏帆が俺の姉かもしれないって問題を解決するまでは、そうすることになるよ」

玲衣さんが嫌がっても、そこはやむをえない。

いつ夏帆がここに来る必要が生じるかわからないからだ。

俺は夏帆が姉かどうか、一緒《いっしょ》に調べると約束した。そのとき、ここで作業する必要があるかもしれない。

玲衣さんは「仕方ないか」とつぶやいて、うなずいた。

この家に来るような女の子といえば、あとはユキだ。

けれど、こないだの一件のことを考えれば、気まずくて当面は家に来ないだろう。

「それで、もう一つのお願いは？」

「その……わたしたち、すぐにでもお風呂に入らないと風邪を引いちゃうよね」

「そうだね」

これだけびしょびしょだったら、それは間違《まちが》いないだろう。

玲衣さんは何かを言いたそうにしていたが、口を何度も開いては閉じて、すごくためらっているようだった。

よっぽど頼《たの》みにくいことなんだろう。俺のほうから言い出しやすい雰囲気《ふんいき》を作ってあげるべきだ。

俺は微笑んだ。

「玲衣さんの望むことで、俺にできることなら、なるべく叶《かな》えるよ」

玲衣さんはぱっと顔を輝《かがや》かせ、そして、一瞬間《いっしゅんま》を置いて、俺を上目遣《うわめづか》いに見た。

「本当に？」

「もちろん」

「あのね……交互《こうご》にお風呂に入ると、時間がかかっちゃうから……」

「だから？」

「わたしと晴人くんで一緒にお風呂に入らない？」

玲衣さんは耳まで真っ赤にして、俺にそう提案した。玲衣さんはそれがどういうことかわかっているんだろうか？

俺も玲衣さんも下着も含《ふく》めて何一つ身に着けないということなんだけれど。

「だって、一緒にお風呂ってすごく恋人っぽいもの。わたし、やってみたくて」

「いやいや、でも、それはさすがにまずいよ」

「晴人くん、わたしのわがまま……聞いてくれないの？」

俺は困って、「とりあえず風呂にお湯を張ってくる。あと、濡れた服は脱《ぬ》いでおくといいよ」と言った。

玲衣さんが嬉《うれ》しそうに「やった！」とつぶやく。

一緒に入るって認めたわけじゃないんだけれど。

俺が風呂場《ふろば》に行って浴槽《よくそう》に向けて水道の蛇口《じゃぐち》をひねる。温度の調整も済んで、浴槽に栓《せん》をしたとき、玲衣さんの短い悲鳴がした。

ひやりと背中に冷たいものが走る。なにかまずいことが起こったんだろうか？

俺が慌てて食卓のあたりに戻ると、上半身が下着姿の玲衣さんが屈《かが》んでいた。そして、「どうしよう？」とつぶやいている。

びしょ濡れのセーラー服が脱ぎ捨てられ、フローリングの床《ゆか》にかなりの水が広がっていた。どうやら濡れた服をその場で脱いでみたものの、床が濡れることとかはまったく考えていなかったらしい。

拭《ふ》くから大丈夫《だいじょうぶ》だよ、と言いかけて、俺は固まった。

しゃがみこんだ玲衣さんを上から見ると、ちょうど胸の谷間が綺麗《きれい》に見えて、しかも下着がずれかけていた。

不思議そうに玲衣さんは俺を見上げ、それから自分の胸のあたりを見て、顔を真っ赤に

した。

「は、恥《は》ずかしいから見ないでほしいな」

「ごめん。だけど、これで恥ずかしがってたら、一緒にお風呂なんてとても無理だと思うけど」

「そ、それは……」

玲衣さんが言葉に詰《つ》まる。意外と抜《ぬ》けていて、そういうところも玲衣さんは可愛いなと思う。いまは玲衣さんのそういう姿さえ見られれば十分で、いきなり裸《はだか》でお風呂なんかに挑戦《ちょうせん》する必要はないと思う。

俺がそう言うと、玲衣さんは首を強く横に振《ふ》った。

「わたし、恥ずかしくなんてない！」

「本当に？」

「恥ずかしいけど……」

「無理する必要はないと思うよ。焦《あせ》らなくても……」

「わたし、焦る必要があるの」

「なんで？」

「だって、晴人くんのファーストキスは佐々木さんに奪《うば》われちゃったもの。だから、はじ

めてお風呂に一緒に入るのは、わたしなんだから！」

「あー……」

俺が微妙《びみょう》な顔をしたのに気づき、玲衣さんは大ショックという表情をした。

玲衣さんの想像したとおり、夏帆と一緒にお風呂なら入ったことがある。

まあ、幼馴染《おさななじみ》で、家族ぐるみの付き合いだったので。

「それって、晴人くんたちが何年生のとき？」

「最後に入ったのは小学五年生だったかな」

「小学五年生……！　それって、犯罪！」

「いやいや、犯罪ということはないと思うけど」

「だって、小学五年生なら、もうお互い男の子と女の子だって意識するでしょう？」

「それなら、俺たちは高校一年生で一緒にお風呂に入ろうとしているわけだけど、それはいいの？」

「だって、わたしと晴人くんは恋人同士だもの。だから、ぜんぜん問題ないんだから！」

「そうかなあ」

「ともかく！　佐々木さんとお風呂に入ったことがあるなら、わたしだって晴人くんと一緒に入らないと負けちゃう……！」

そんなことをあれこれと言い合っていたら、いつの間にかそれなりに時間が経《た》っていて、浴槽に湯が十分に溜まっていた。

俺はためらいながら言う。

「えーと、玲衣さん。やっぱり、やめておかない？」

「やだ」

玲衣さんが駄々《だだ》をこねるように言う。

「絶対に晴人くんと一緒にお風呂に入るんだもの！」

そう言われて強く拒否《きよひ》できないのは、俺が玲衣さんを好きかもしれなくて、玲衣さんの希望ならなるべく叶えてあげたいからだ。

でも……。それでいいんだろうか？　まだ玲衣さんにちゃんと告白もしていないし、夏帆のこともあるのに……。

悩《なや》んでいると、玲衣さんが頬を膨らませて、俺を見つめた。

「わたし、先に入ってる」

「え？」

「来てくれないと許さないんだから」

玲衣さんの決意は相当固いようだった。

風呂場の手前の脱衣場《だついじょう》へと玲衣さんは入る。しばらくして、風呂場の扉が開く音が聞こえた。玲衣さんが裸になっているんだな、と想像して、俺はうろたえる。いや、さすがにバスタオルぐらいは身につけてくれているだろうか……。

どちらにしても一緒に入るのはさすがにまずい。

やっぱり、玲衣さんを説得しよう。玲衣さんはもう風呂場だから、脱衣場から説得すればいい。

俺は脱衣場へと入る。風呂場の扉は半透明《はんとうめい》で、玲衣さんの体の輪郭《りんかく》がうっすらと見えていてどきりとする。ここで俺が扉に手をかけて開けてしまっても、誰《だれ》も問題にはしない。むしろ玲衣さんはそれを望んでいる。学校一の美少女が裸になって、俺と一緒に風呂に入りたいと言っている。こんなこと、もう二度とないかもしれない。俺は扉の取っ手をじっと見つめ、その扉を開く誘惑《ゆうわく》にかられた。

けれど、俺は一人で首を横に振る。こんなの、やっぱりダメだ。玲衣さんとちゃんと話し合おう。

俺は決意して、口を開いた。

「あの……玲衣さん」

「は、晴人くん⁉」

「やっぱり……」

「入ってきちゃダメ！」

「へ？」

俺はあっけにとられた。さっきまで絶対に入れと言っていたのに、急にどうしたんだろう？　扉の向こうの玲衣さんが扉を押《お》さえるのがわかる。

「だ、だって裸を見られるなんて恥ずかしいもの……！」

「一緒にお風呂に入ったら、当然裸を見ることになると思うんだけど？」

「あきれないで聞いてほしいんだけど……やっぱり恥ずかしいって気づいたの……」

「そっか」

俺は思わずくすっと笑ってしまう。玲衣さんが「ううっ」と小さく恥ずかしそうにつぶやく。

「やっぱり、あきれたよね……？」

「いや、玲衣さんが可愛いな」

「わたしから入ってほしいって言ったのに……本当にごめんなさい」

「いいよ。無理する必要ないって俺も言ったし」

俺は内心でほっとした。ちょっと残念な気もするけれど、これで危機（？）を回避《かいひ》できた。

「でもね、絶対にいつか、晴人くんと一緒に裸でお風呂に入っても、恥ずかしくないような関係になってみせるから」

「そ、それって……」

「わたしたち、これから毎日こんなふうに一緒に過ごせるんだもの。チャンスはいくらでもあるよね。晴人くんがお風呂に入っているときに、突撃《とつげき》したりとか……」

「それは俺の心臓が持たないから、やめてほしいな……」

「晴人くんって……女の子と一緒にお風呂に入ることに興味ないの？　男の子ってそういうの好きだと思ってた。お互いの身体を洗ったりとか、狭《せま》い湯船で一緒に身を寄せ合ったりとか」

「そりゃ興味はあるけどさ。困っちゃうよ」

ふふっ、と玲衣さんは笑った。

「わたし、晴人くんの困ったところも見てみたいな。……佐々木さんよりも、わたしのほうがいっぱい晴人くんを困らせて、喜ばせてあげるんだから。だって……」

そこで玲衣さんは言葉を切った。

そして、しばらくして嬉しそうに弾《はず》んだ声で言う。

「晴人くんと一緒に住んでいるのは、わたしだものね」

☆

結局、俺たちは交代で風呂に入って、それぞれ部屋着に着替えた。

玲衣さんは白い無地のTシャツにショートパンツという姿で、白い太ももがまぶしかった。……もうちょっと、穏当《おんとう》な服装をしてほしいのだけれど。目に毒だ。

俺も玲衣さんも顔が赤くて、互いをぽーっと見つめていた。あと少しで、俺は玲衣さんと一緒の風呂に入りかけたわけで……。

それにキスだって、雨の中で三回もしてしまった。

玲衣さんが微笑む。

「なんだか恥ずかしいね」

「そ、そうだね」

俺は変な気持ちになっていて、きっと玲衣さんもそうだ。

けど、そういうことばかりを考えてもいられない。

問題は山積みだ。俺たちは食卓に腰《こし》掛けた。まずは父さんに電話をしないといけない。

一つは夏帆の父親が誰かという問題。

もう一つは玲衣さんが東京の女子寮《じょしりょう》ではなく、この家に住み続けたがっているという相談を父さんにする必要がある。

俺はスマホを取り出して、食卓の上に置いた。そして、スピーカーフォンにして、発信する。

父さんはワンコールで電話に出た。もともと電話する予定だったからだと思う。

俺は挨拶《あいさつ》もそこそこに夏帆の件を聞いた。

夏帆の実の父親が、俺の父さんかもしれないという話があるのだけれど、と。

はひ?と変な声を上げて、父さんは俺に聞き返した。何を言っているのかよくわからない、という感じだった。

俺はもう一度事情を説明した。

「そんなわけないよ」

父さんはためらわず、明確に否定した。

俺はほっとした。ここで、父さんが「今まで隠《かく》していたけど、実は僕《ぼく》が夏帆ちゃんの父親で……」などと言い出したらどうしようと思っていたのだ。

ともかく、父さんにはやましいことはないらしい。

嘘《うそ》をついていなければ、の話ではあるけれど、そこは父さんの言うことを信用したい。

「まったく思い当たる節はないってことでいいんだよね？」

「もちろん。たしかに夏帆ちゃんが生まれる前後ぐらいは、秋穂さんと会う機会は多かったけれどね」

秋穂さん、というのは夏帆の母親で、そして父さんの幼馴染でもあった。

二人は小学校から高校までずっと一緒で、卒業した後も関《かか》わりがあったみたいだった。

父さんは公務員として、秋穂さんは医者としてこの町にいて、互いの家も変わらずそばにあった。

秋穂さんの夫、つまり夏帆の父親となったのが、佐々木信一《しんいち》さん。彼《かれ》は、父さんと秋穂さん、そして俺の母の共通の友人だったらしい。

ところが、彼は夏帆が生まれる前に事故で死んでしまった。

「だから、あの頃《ころ》はよく秋穂さんの相談に乗っていたけどね。彼女《かのじょ》は佐々木くんの死でだいぶ精神的に参っているみたいだったし、僕が力になれるなら、と思ったんだよ。けど、だからといって、何かがあったというわけじゃない」

「本当だよね?」

「母さんに誓《ちか》って、嘘じゃないよ」

父さんは穏《おだ》やかにそう言った。

俺の母も五年前のこの町の大火災でいなくなってしまった。

そういえば、あの大火災の発端《ほったん》は、遠見《とおみ》グループの商業施設《しせつ》で起きた爆発《ばくはつ》事故だったな、と思い出す。

「ともかく、一度、秋穂さんにも確認《かくにん》が必要だね」

「今度、聞いてみるよ」

俺は言った。

昔は夏帆の家によく行ったし、秋穂さんは俺を可愛がってくれていた。

だから、尋《たず》ねることはできるだろう。

これ以上、この問題に進展はなさそうだし、次の件に移る。

玲衣さんの住む場所だ。

俺は玲衣さんがスピーカーフォンで参加していることを伝えると、父さんは柔《やわ》らかい声で「はじめまして。晴人の父の秋原和弥《あきはらかずや》です」と丁寧《ていねい》に言った。

玲衣さんはぎこちなく「は、はじめまして」と返事をする。

なんだか、玲衣さんはかなり緊張《きんちょう》しているみたいだ。

どうしたんだろう？

この家に住み続けることを認めてもらえるか、不安なんだろうか？

「東京の女子寮の話、晴人から聞きましたか？」

「はい。親切にしてくださってありがとうございます」

「これまで晴人と一緒に狭い部屋に住ませてしまって、申し訳なく思います。寮《りょう》は良いところだと思いますよ。設備は綺麗ですし、学校は名門校。東京の都心にありますからとても便利ですし、なにより遠見家と関わらずにすみます」

「あの……せっかくなのですが、寮の話は断らせてください」

「どうしてですか？」

父さんが意外だというふうに問い返す。

そうだ。玲衣さんは理由をなんて答えるつもりなんだろう。

「わたしが……この家にいたいからです」

「そんな安アパートに？」

「はい。だって、ここには晴人くんがいますから。わたし、晴人くんのことが好きなんです」

父さんは絶句し、俺も絶句した。まさかここまでストレートに言うとは思わなかった。

しばらくして、ようやく父さんの声が電話から聞こえてきた。

「晴人……君は……どう思ってる？」

「俺も玲衣さんにこの家にいてほしいと思ってる」

「そうか」

しばらく父さんは沈黙《ちんもく》した。

その沈黙を否定と受け取ったのか、玲衣さんが慌てた様子で付け加える。

「もちろん家賃や生活費だって払《はら》います。お父さんとお母さんが遺《のこ》してくれたお金がありますから」

玲衣さんの父は一時期とはいえ遠見家の当主だったようだし、非嫡出子の玲衣さんもかなりの金額の遺産を受け取ったのだと思う。

だから、家賃や生活費を俺の父さんに払っても自分が大学まで行くぐらいのお金なら容易に出せるだろう。

けど、問題はそこじゃない。

父さんは淡々《たんたん》と言う。

「高校生の男女が二人で同じ家に住んでいるというのは、あまり良くないですよ。それに水琴さんが晴人を好きだというなら、なおさらだ」

「わたしたち、何もやましいことはしていません！」

と玲衣さんは力強く言ったが、やましいことはありまくりのような気がする。

迷うように沈黙した父さんに、玲衣さんが言葉を重ねる。

「わたし、いますごく幸せなんです。遠見の屋敷《やしき》にいたときも、他の親戚《しんせき》の家にいたときも、わたしの居場所はありませんでした。でも、ここには晴人くんがいて、わたしにいてほしいって言ってくれる。だから、はじめて見つけたわたしの居場所に、いさせてほしいんです。晴人くんと一緒にいさせてください」

玲衣さんは綺麗な声で言い切った。

もし、俺が玲衣さんの居場所を作ってあげられているなら、それは嬉しいことだと思う。

でも、他のみんながそれを認めてくれるかどうか。

まずは父さんの返事が問題だった。

父さんはため息をついた。父さんとしても、玲衣さんがここまで言うのに、俺と一緒にいるのを即座《そくざ》に否定するのは気が引けるみたいだった。

そして、とりあえず女子寮の話はいったん保留にするから、ちょっと考えさせてほしいと言った。

そして、時間がないからまた後日、と父さんが言い、電話は終わった。

俺と玲衣さんは顔を見合わせた。玲衣さんは不安そうに俺を見つめた。

「やっぱり、晴人くんと同じ部屋にいちゃダメって言われたらどうしよう？」

「まあ、そのときは、アパートの隣《となり》の部屋を新しく借りて、そこに玲衣さんに住んでもらうとか、そういう手もあるかもしれないね」

「そっか」

　ぽんと玲衣さんは手を打った。

　同じ部屋でなくても、近くにいることぐらいはできる。

　玲衣さんはちょっと安心したようだった。

「玲衣さん、なんか父さんと話すとき、緊張していたみたいだったけど、この家にいられるかどうかが不安だった？」

「それもあるけど……その……」

　玲衣さんは口ごもり、恥ずかしそうに俺を上目遣いに見つめた。

「は、晴人くんのお父さんに初めて挨拶するって思うと緊張しちゃって。だって、将来、わたしの『お義父さん』になるかもしれないんだもの」

　玲衣さんが言っている意味が一瞬《いっしゅん》わからず、しばらくして俺は顔を赤くした。

　俺と玲衣さんが結婚《けっこん》するかもしれない、と言っているのだ。

　まだ俺は玲衣さんに告白の返事もできていないのに。

「わたし、本気だよ？　さっきも言ったよね。わたし、晴人くんとずっと一緒にいたいん

だもの」

玲衣さんは綺麗な青い瞳《ひとみ》で俺をまっすぐに見つめていた。

☆

その日の夜も、俺たちは普通《ふつう》にそれぞれの部屋で眠《ねむ》りにつき、朝起きて一緒に朝ごはんを食べた。

朝食担当は例によって俺で、玲衣さんの希望でまたフレンチトーストを作った。

気に入ってもらえたなら嬉しい。

玲衣さんは部屋着姿のまま朝食を食べながら、楽しそうに俺を見つめていた。

「おいしい……。それに……」

「それに？」

「なんか、晴人くんと本当の家族になったみたいで、嬉しくて」

たしかに、俺たちはもうお互いと一緒にいるのが、当たり前だと感じるようになってきた。

玲衣さんは家族に複雑な事情を抱《かか》えている。

遠見の屋敷では、家族どころか目の敵にされていたようでもある。

だから、こういうふうに一緒に朝ごはんを食べるような普通の家族がいるというのは、特別なことなのかもしれない。

「ね、今日は一緒に学校に行くよね？」

「ええと、うん、そうしよっか」

今日は土曜日だけれど、模試があるから登校することになる。

玲衣さんに言わせれば、俺たちは恋人のフリをしているのだから、学校のみんなに一緒に登校する仲だと見せつけなければならない。

俺からしても、玲衣さんが一人になるのは心配だった。

玲衣さんを襲《おそ》おうとした他校の男子生徒たちといい、遠見琴音《ことね》というお嬢様《じょうさま》といい、玲衣さんの敵は少なくなさそうだった。

俺と玲衣さんは食事を終えると、それぞれ部屋に戻って、制服に着替えることにした。

「の、覗《のぞ》いたらダメだからね？」

玲衣さんが言ったが、そんなことするわけがない。玲衣さんは顔を赤らめて小声で付け足す。

「で、でも、晴人くんが覗きたいなら……いいかも」

「本当に?」

「や、やっぱりダメ!」

玲衣さんは恥ずかしくなったのか、部屋に入って扉をぴしゃりと閉めてしまった。

ただ、俺たちの部屋はすぐとなりで、仕切りも薄《うす》い障子のようなものだけだ。、玲衣さんがすぐ近くで着替えていることをどうしても意識させられる。

俺はどぎまぎしながらも学生服に着替え、玲衣さんもセーラー服姿になった。

俺たちは互いの姿を眺《なが》め、くすっと笑った。

「晴人くんの制服姿を見ると、家族っていうより、高校生カップルって感じがする」

「玲衣さんもセーラー服着ると、ちょっと学校にいるときのことを思い出して不思議な感じがするね」

ちょっと前まで、俺たちは同じ教室にいるだけで、互いにほとんど話をしなかった。

俺にとって玲衣さんは学園の女神様という遠い存在で、玲衣さんからすると、俺はただのクラスメイトだったはずだ。

それが、いまやお互い大切な存在になりつつある。

俺はいろいろ考えて、ちょっと気恥《きは》ずかしくなってきた。

やっぱり、俺は玲衣さんのことを意識しているんだ。

「そろそろ行こっか」

「うん。……晴人くんと二人で登校なんて、嬉しい！」

玲衣さんが幸せそうに微笑む。

ところが、そのとき、玄関のチャイムが鳴った。

俺と玲衣さんは顔を見合わせる。こんな時間に誰だろう？

玲衣さんは残念そうにしながらも、俺から離《はな》れた。

いちおう父さんが単身赴任《ふにん》中のいま、この家の代表者は俺ということになるはずで、当然、俺が玄関で応対すべきだ。

俺は玄関の扉を開けた。

朝の日光を背に、一人のセーラー服の少女が立っていた。

玲衣さんとまったく同じセーラー服だけれど、それも当然で、俺たちと同じ学校の同じクラスの生徒だからだ。

そこに立っていたのは、俺の幼馴染の夏帆だった。

「おはよう！　は、る、と！」

弾んだ声で、元気いっぱいに夏帆が言う。

大きな瞳はきらきらと輝き、俺をまっすぐに見つめている。

昨日の暗さとは正反対だ。

けれど……。

昨日、夏帆は俺と実の姉だと思い、だから俺からの告白を断ったと言っていた。

そして、一人でいつのまにか俺の家からいなくなっていた。

「おはよう。夏帆。昨日は……」

「昨日、勝手に帰っちゃってごめんね？」

「いいけど、大丈夫？」

「なにが？」

「いろいろと……」

「平気だよ？」

夏帆はたしかに平気そうに見えた。

けど、その明るさにはどこか無理しているような雰囲気があった。

玲衣さんがひょこっと顔をのぞかせた。

それに気づき、夏帆がにっこりと笑う。

「水琴さんも、おはよう。わたし、見てたんだよ」

「えっと、なにを？」

戸惑《とまど》う玲衣さんに、夏帆はさらりと言い放った。

「昨日、雨に濡《ぬ》れながら晴人とキスをしてたでしょう？」

俺《おれ》も玲衣さんも固まった。

そうか。

夏帆には見られてたのか。

このアパートからさほど離れていない場所でのことだったし、アパートの廊下《ろうか》に立てば、雨の中でもはっきりと目撃《もくげき》できたはずだ。

そして、戻《もど》ってこない俺たちを心配して夏帆は外に出たのかもしれない。

そして、唇《くちびる》を触《ふ》れさせ合う俺たちを見てしまったわけだ。

それが、夏帆が一人で帰ってしまった理由かもしれない。

「水琴さんって、意外に大胆《だいたん》なんだね」

夏帆の言葉に、一瞬だけ玲衣さんはひるんだが、すぐに言い返した。

「そうだと思う。わたし、晴人くんと一緒にいたいから、だから、どんな大胆なことでもできるの」

「そっか。でもね、それはあたしも同じなの。……昨日、水琴さんが晴人とキスをしているところを見て、ショックだったの。もう晴人はあたしのものじゃなくなったんだって。

だって、二人は付き合ってるんだし。それに、あたしは晴人のお姉さんだし……。だけどね」

そこで夏帆は一瞬、言葉を切った。

そして、続きをゆっくり、しかし強い口調で言った。

「それでも、あたしは晴人のことが好きなの。水琴さんのおかげで、はっきり気づけたんだと思う。だから、あたしがたとえ晴人のお姉さんでも関係ない。あたしは晴人が欲《ほ》しい」

「それは……宣戦布告ってことかしら？」

「うん」

玲衣さんの鋭《するど》い言葉に、夏帆はためらいなくうなずいた。

完全に俺は置いてけぼりだ。

そもそも、夏帆が俺の実の姉であるという話は、俺の父も否定しているし、雨音《あまね》姉さんに聞いても否定的だった。

だから、血縁《けつえん》だという問題はおそらくないと言えるのだ。

問題は、玲衣さんも夏帆も俺のことが好きだということで、そして、俺にとって二人のうちのどちらがより大切かということだった。

夏帆はくすっと笑った。

「あたしは晴人とずっと一緒にいたんだよ。幼稚園《ようちえん》も小学校も中学校も今も。水琴さんとは過ごしてきた時間が違《ちが》うの」

「でも、晴人くんがいま好きなのはわたしだもの！」

「でも、晴人はあたしのことも好きだって言ってくれた。あたしが振らなければ、あたしと晴人は付き合ってたんだよ？」

俺が告白した時点では、俺と夏帆は両思いだったのだ。血縁の疑惑《ぎわく》さえなければ、夏帆の言う通りになっていたはずだ。

玲衣さんは言葉に詰まった。

一方の玲衣さんは、現在のところ俺と付き合っていることになっているものの、それはあくまで恋人《こいびと》のフリだった。

「それでも……いまの晴人くんの恋人はわたしだもの……」

「二人はどこまでしたの？　キスだけ？」

玲衣さんは夏帆を睨《にら》む。

「ふ、二人で裸でお風呂《ふろ》に入ったと言ったら、どうする？」

爆弾《ばくだん》発言だ。

夏帆は一瞬固まり、それからみるみる顔を赤くした。

「それって……」

「実際に入ったわけじゃないよ」

俺が慌《あわ》てて経緯《けいい》を説明すると、夏帆は安心したようにうなずいた。

「小学生のときにあたしと晴人は一緒《いっしょ》にお風呂に入ったもんね？」

「そんなの、子どものときの話でしょう」

玲衣さんが対抗心《たいこうしん》を燃やしたのか反論するが、夏帆は余裕《よゆう》の笑《え》みを浮《う》かべた。

「あたしが先に晴人と裸でお風呂に入ったことは変わりないもの。晴人とキスしたのだってあたしのほうが先。いつも水琴さんよりも先に、あたしは晴人の初めてをもらっているんだから」

「これまではそうだったかもしれないけど……これからは違うもの！　だって、わたしが晴人くんの彼女なんだから！」

「ふうん。それなら、あたしは、二人が不純異性交遊をしていないか見張らないとね」

「え？」

「だって、あたしは晴人のお姉さんだもの」

と言ってえっへんと夏帆が胸を張る。夏帆の胸の膨《ふく》らみがかすかに揺《ゆ》れて、俺は赤面した。……いや、夏帆の胸のことを考えている場合じゃない！

「見張るってどうやって……」

俺がおずおずと尋ねる。

夏帆の返事は意表をつくものだった。

「あたしも、晴人の家に住むんだよ」

俺と玲衣さんは顔を見合わせ、そして絶句した。

夏帆だけが綺麗に微笑《ほほえ》んでいた。

「前も言ったよね？　あたしは悪い子なんだよ。キスだけじゃなくて……晴人の初めてをもらうのは、いつもあたしなんだから！」

夏帆が俺たちの家に住むという。

たしかにスペース的にはまだ余裕がある。けれど、問題はそこではない。

「晴人はあたしが一緒の家に住むのは嫌《いや》？」

「嫌ってわけじゃないけど、玲衣さんがいるし」

それに、そんなこと、俺の父さんも夏帆のお母さんも賛成するはずがない。

けど、夏帆は続けて言った。

「あたし、家出するの」

「家出？」

「だから、晴人が泊《と》めてくれないとすごく困っちゃう。晴人は居場所のない水琴さんを受け入れたんだよね。なら、あたしだって同じだよ」

「でも、夏帆には普通にお母さんがいて、家もあるはずだよ」

「あたしね、お母さんといま、一緒にいたくないの」

そう言って夏帆は上目遣《うわめづか》いに俺を見つめた。

たぶんだけど、夏帆の母と俺の父の不倫疑惑《ふりんぎわく》が関係しているのだとは思う。

夏帆のお母さんは、俺と夏帆の血縁関係についてどう言っているんだろう？

気になったけれど、玲衣さんの前でそれを聞くのは、ちょっとためらってしまう。

夏帆が人差し指を立てて、くすっと笑った。

「とりあえず一緒に学校に行こっ！」

夏帆の提案に、隣の玲衣さんが不服そうな顔をする。

「晴人くんと一緒に学校に行くのは、わたしが先に約束したの」

「なら、三人一緒に行けばいいよね」

「わたしは二人きりで行きたい。だって、わたしは晴人くんの彼女だもの」

「水琴さんはあたしに晴人をとられるのが怖《こわ》いんだ」

夏帆がいたずらっぽく目を輝《かがや》かせた。

うっと言葉に詰《つ》まった玲衣さんに夏帆がたたみかける。

「水琴さんが本当に晴人の心をつかんでいるなら、あたしが学校についていくぐらい、平気なはずだよ。そんなことで、二人の仲は危なくなるの？」

「……そんなことない！」

「なら、いいよね？」

水琴さんはしぶしぶといった感じでうなずいた。なんだか夏帆の変な理屈《りくつ》に丸《まる》め込《こ》まれてしまった形だ。俺と玲衣さんは学校の荷物を持って玄関《げんかん》の外を出た。

それとほぼ同時に、夏帆が俺の左腕《ひだりうで》をとる。

「じゃ、行こっ、晴人！」

夏帆が強引《ごういん》に俺と腕《うで》を組んだ。

そうすると、なんというか、夏帆の柔らかい部分が自然にあたって、俺は赤面した。

玲衣さんも頰《ほお》を染めている。

「ずっ、ずるい！　わたしも晴人くんと腕を組むんだから！」

玲衣さんはさっと俺の右腕《みぎうで》をとると、同じように俺に胸を押し当てた。

二人の少女が左右にいて、その甘《あま》い香《かお》りに俺はくらくらさせられた。

もしかして、このまま学校に行くんだろうか？

夏帆は楽しげに、水琴さんは頬を膨らませながら、俺を見つめていた。

「両手に花だね！　晴人！」

夏帆は綺麗《きれい》な声で、からかうように言った。

☆

予想通りというべきか、学校につくと、俺たちは注目の的になった。

ちょっとした騒《さわ》ぎとも言える。

まあ、俺が夏帆と玲衣さんに両腕《りょううで》をつかまれているのだから当然だけれど。

教室の入り口に近づくと、たまたま友人の大木《おおき》とクラス委員の女子の橋本《はしもと》さん、その友達の久留島《くるしま》さんが立ち話をしていた。

三人がこちらを振《ふ》り向く。

大木は大ショックという表情で俺を見る。

妬《ねた》ましい、羨《うらや》ましいとぶつぶつとつぶやいていた。

いろいろと怖いので後で説明しておこう。

一方、橋本さんたちは面白《おもしろ》がるように俺たち三人を眺めた。

からかうように橋本さんは言う。

「へぇえ？　秋原はさっそく夏帆に浮気《うわき》したの」

玲衣さんも夏帆も口をそろえて違うと言ったけれど、その理由はそれぞれだった。

玲衣さんは「晴人くんは浮気なんてしていなくて、わたしの彼氏《かれし》なんだもの」と頬を染めて言った。

夏帆は「浮気じゃなくて、晴人が本当に好きなのはあたしなんだよ」とくすっと笑って言った。

そして、玲衣さんと夏帆の二人は睨み合い、俺は頭を抱えた。

「うーん、まさに修羅場《しゅらば》って感じだねえ」

橋本さんはのん気に言うけれど、俺は気が気じゃなかった。

玲衣さんは学園の女神《めがみ》様として有名だし、夏帆だって男子たちからの人気はかなり高いのだ。

その二人が俺にくっついているとなれば、男子たちからの嫉妬《しっと》の目が怖い。

実際、大木たち以外にも何人かの生徒がこちらをじーっと見ている。

夏帆が俺を引き寄せ、耳元でささやく。

「可愛《かわい》い女の子二人に好きって言われてるんだよ？　ちょっとした騒ぎぐらいは我慢《がまん》しな

いと」

夏帆の甘い吐息《といき》がかかり、耳がくすぐったい。その様子を見ていた数人から「おおっ」とどよめきが漏《も》れる。……目立つことはしないでほしいな。

次の瞬間《しゅんかん》、玲衣さんが俺をひっぱった。突然《とつぜん》のことで体勢を崩《くず》しそうになり、玲衣さんに抱《だ》きとめられる。

「わたしが晴人くんの恋人なんだから！」

玲衣さんがきっぱりと言う。それから周りをきょろきょろと見回して、「しまった」という顔で恥《は》ずかしそうにした。

みんなあっけにとられている。橋本さんだけが「水琴さんって本当に大胆だなあ」とくすくすと笑っていた。一方の夏帆は、「みんなに見せつけようとしてたのに」とちょっと不満そうにつぶやいた。

橋本さんが玲衣さんと夏帆を見比べる。

「でも、秋原は水琴さんと付き合っているんだよね？　そうすると、夏帆は水琴さんから秋原を奪《うば》うつもりってこと？」

たしかにこのままだと、夏帆の立場も俺の立場も微妙《びみょう》なものになりかねない。

俺は浮気者《うわきもの》で、夏帆は浮気をそそのかす悪い女子ということになる。

ところが、状況《じょうきょう》が一変した。夏帆の親友のユキがいたからだ。

ユキは茫然《ぼうぜん》自失といった感じで俺たちを見ている。

「夏帆……どうしたの？　アキくんのこと、男の子としては見られないって言ってたのに」

「ごめんね、ユキ。あれは嘘だったんだ。本当はあたしも晴人のことが好き」

「……そうだったんだ。よかった。……私、嬉《うれ》しいよ」

ユキは夏帆と俺をくっつけたがっていて、その最大の障害は夏帆にその気がないということだった。

でも、今は違う。

「だったら、もうアキくんと水琴さんが恋人のフリをする必要なんてないよね？」

ユキは綺麗な笑顔《えがお》でそう言った。

しまった。ユキは、俺と水琴さんの関係がフェイクだと知っていたのだ。

橋本さんと大木、それに他の生徒たちが「え？　え？」といった感じの戸惑った顔をする。玲衣さんも、「あっ」とつぶやき、悲しそうな表情をしていた。

夏帆はといえば、大きく目を見開き、そして嬉しそうに笑った。

「よくわからないけど、晴人と水琴さんが付き合っているっていうのは嘘だったんだ？　水琴さんが晴人のことを好きっていうのも嘘？」

「ううん。わたしは……晴人くんのことを好きで、それで晴人くんにお願いして恋人のフリをしていたの」

玲衣さんは隠しとおせないと判断したのか、あっさりと俺との関係はフェイクだと認めた。

でも、俺が好きだということは嘘ではないともはっきり言ってくれて、それが俺は嬉しかった。

「そっか。なら、あたしはなにも遠慮《えんりょ》することないよね？　あたしと水琴さんの立場は対等なんだから」

「対等？」

「どちらも晴人の彼女じゃなくて、晴人の本物の恋人になるために戦う対等なライバルってこと」

「つまり、恋敵《こいがたき》ってこと？」

「うん。でも、あたしが一歩リードだよね？　あたしは晴人の幼馴染《おさななじみ》だし、それに晴人のファーストキスをもらったのもあたしだし」

「わ、わたしは晴人くんと三回キスしたし、同棲《どうせい》しているもの」

玲衣さんの言葉に、夏帆はむうっと頬を膨らませる。

さっきまでの玲衣さんは、俺との偽装恋人《ぎそうこいびと》関係がばれて、意気消沈《いきしょうちん》していたみたいだった。ところが、今は夏帆に対して優位（？）に立つことに熱心で、青い瞳をきらきらと輝かせている。

ともかく二人は互《たが》いのことを意識するあまり、周囲の目を全然気にしていないようだった。でも、このままだと俺の立場がやばくなる。ファーストキスとか、同棲しているとか、こんなところで話すことじゃない。

周りの生徒たちは面白がって、俺たちに注目している。

徐々《じょじょ》に他のクラスの生徒達も「なんだなんだ」と集まってきていた。

俺は二人の女の子の手をつかんだ。玲衣さんも夏帆も「え？」と驚《おどろ》いた表情をして、同時に頬を赤く染める。

そんな反応をされると俺も恥ずかしくなるからやめてほしい。

「二人とも、ちょっと話があるから、生物準備室に行こう」

こくこくと玲衣さんも夏帆もうなずいた。

橋本さんが「今度は三人でいちゃつくんだー」とつぶやいていたが、独り言みたいだし、俺は何も答えなかった。

狭《せま》く薄暗《うすぐら》い生物準備室に俺と玲衣さんと夏帆は入った。

ちょっとほっとする。これで俺たち三人だけ。騒がれる心配はない。

「ふたりともさ、あんまり外で注目されると、俺が困るからやめてほしいな」

玲衣さんは「ごめんなさい」と小さく言い、夏帆は「はーい」と楽しそうにうなずいた。

あんまり目立つと困るのは二人も同じだと思うけど。

「あたしは晴人と一緒にいて噂《うわさ》されたりしてもぜんぜん困らないよ？　どっちかといえば、嬉しいぐらい」

「わ、わたしも……！」

夏帆に続き、玲衣さんもこくこくとうなずく。

そして夏帆は玲衣さんをちらっと見て、それから頬を膨らませた。

「晴人は水琴さんと三回もキスしたんだ？」

「うん、まあ、そうだけど」

「なら、あたしはもっとたくさんキスする」

「え？」

「水琴さんに負けたくないもの」

そう言うと、夏帆は俺の腕をぐいっと引っ張った。俺と強引にキスしようとしたらしい。

夏帆の顔が近づき、ふわりと髪《かみ》から甘い香りがする。このまま、夏帆とキスすることに

なるのかと思い、俺はどきりとした。でも、玲衣さんの前でそれはまずい……！

でも、俺が夏帆を止める前に、玲衣さんが行動した。俺の反対側の腕を両手でつかんだのだ。

結果として、玲衣さんと夏帆が、両方から俺を奪おうと引っ張り合うような形になる。

二人の小さな手が俺の腕を包んでいる。

「わたしの前で、晴人くんと佐々木さんがキスするなんて許さないんだから！」

「べつにいいよね？　だって、水琴さんは晴人の彼女《かのじょ》でもないんだし」

夏帆は楽しそうに笑った。

玲衣さんは怯《ひる》むかと思いきや、夏帆を思いきり睨みつけた。

「それは佐々木さんだって同じでしょう？」

「あたしは晴人の幼馴染だもの」

「幼馴染は恋人とは違うもの！」

玲衣さんが興奮した様子で言い、そのはずみで俺の腕を放す。夏帆はふふっと笑った。

「あたしのなかでは同じなの」

夏帆は俺の正面に回り込み、至近距離《しきんきょり》から俺にしなだれかかり、口づけをしようとする。

俺は夏帆を止めようとして、間一髪《かんいっぱつ》でキスは防げた。けれど、夏帆は俺の身体に抱きつい

てしまっている。夏帆の大きな胸が俺に押《お》し当てられていた。

夏帆は俺の腰《こし》に手を回し、えへへと笑う。

「あたしを選べば、どんなことでもさせてあげるよ」

甘い香りに俺はくらくらする。

こんなところを他の生徒や教師に見られたら、なんて言われるだろう？

そのとき、生物準備室の扉《とびら》が開き、俺たちはぎょっとした。

鍵《かぎ》はかけておいたはずだ。慌てて夏帆が俺から離れる。

相手が例えばユキであれば、まだ良かった。けど、そこにいたのは白衣を着た教師だった。

「なにをやっているのかしら？　あなたたちは？」

その女性教師は薄く笑っていた。

化学の教師で、まだ二十代後半と若く、流れるような黒髪《くろかみ》の清楚《せいそ》な容姿のため男子生徒たちから大人気だった。

名前は……。

「佐々木先生」

ぽつりと玲衣さんがつぶやく。

そうだ。夏帆と同じ名字だ。といっても佐々木なんて名字、この町には他にいくらでもいる。

佐々木冬花《とうか》。それがこの教師のフルネームだ。

一学期はこの教師がうちのクラスの化学の担当だったけれど、半年前から休職中だった。だから名前を思い出すのに時間がかかった。

「復職早々に、生徒が不純異性交遊をしているのを見てしまったわけね」

「久しぶりですね。佐々木先生」

「ええ。それにしても、水琴さんみたいに優秀《ゆうしゅう》な生徒が、秋原くんみたいな落ちこぼれと関《かか》わっているなんてね」

佐々木先生の口ぶりは俺に非好意的だった。

けど、俺は先生に嫌われるようなことを何もしていないどころか、ただ授業を受けていただけで接点がなかった。

なのに、生徒のことをこんなふうに悪く言うだろうか？

玲衣さんが口を尖《とが》らせる。

「晴人くんのことを悪く言わないでください！」

「……まあ、水琴さんのことはいいわ。それより問題は夏帆さんね」

なんだかおかしな雰囲気《ふんいき》だ。

夏帆は表情を曇《くも》らせ、さあっと顔を真っ青にしている。

完全に怯《おび》えきっていた。

どうしたんだろう？

次の佐々木先生の言葉で、俺はその理由を理解した。

「まさか実の弟と抱き合っているなんてね。あれほど夏帆さんに、秋原くんはやめておきなさいって言ったのに」

佐々木先生はさらりと言った。

俺も玲衣さんも、そして夏帆も固まった。

どうしてこの教師は、俺と夏帆の血縁疑惑《けつえんぎわく》を知っているんだろう？

「秋原くんたちは知らないでしょうけれど、私は夏帆さんの叔母《おば》なの」

「叔母？」

「ええ。夏帆さんの父親は、私の歳《とし》の離れた兄だったの。といっても、私の兄は、つまり死んでしまった信一兄さんは夏帆さんの実の父親ではないけれど」

事態が呑《の》み込めてきた。

この人は夏帆の親戚《しんせき》なのだ。

そして、俺の父と夏帆の母親の秋穂さんとの不倫《ふりん》を疑っている。

「誤解ですよ。俺の父は秋穂さんとそんなことをしていないって言ってます。だから、夏帆は俺の姉なんかじゃないです」

「動かぬ証拠《しょうこ》があるわ。信一兄さんの血液型はO型なの。夏帆さんの血液型、知っているでしょう？」

昔、小学生の夏帆が血液型占《うらな》いにハマって、そのときに聞いたことがある。

夏帆はAB型だったはずだ。

そして、片親がO型なら、遺伝上、その子どもは決してAB型にはならないはずなのだ。

「それに、私は秋穂さんから聞いたの。夏帆さんの父親が、あなたのお父さんだってね」

佐々木先生は端整《たんせい》な顔に薄笑《うすわら》いを浮かべていたが、その目は凍《こお》るように冷ややかだった。

明らかに、佐々木先生は夏帆のことを憎悪《ぞうお》のこもった目で見ていた。

そして、先生は父さんの子どもである俺のことも、嫌っている。

「私は信一兄さんを裏切った人たちのことが許せないの。秋原和弥も佐々木秋穂も、信一兄さんの親友だったんでしょう？　なのに兄さんを裏切って、子どもまで作ったわけ？

それじゃ、死んじゃった信一兄さんがあまりに可哀想《かわいそう》じゃない！」

「でも、仮にそれが真実だったとしても、それは俺たちの親のことで、俺たちの責任じゃ

ないですよ」

「本当にそうかしら？　実の姉弟《きょうだい》だって知りながら、身体を触れ合わせるあなたたちも、似たようなものでしょう？」

佐々木先生は激しい口調で言い切ったあと、はっと我にかえったように俺たちを見回した。そして、咳払《せきばら》いをする。

「今のは私個人の言葉。教師として、あなたたちに言えることはただ一つ。もうすぐ模試が始まるわ。さっさと教室に戻りなさい！」

佐々木先生はそう言うと、姿をさっと消した。

短い時間だったけれど、佐々木先生の言葉が夏帆に与《あた》えた影響《えいきょう》は、大きかった。

夏帆はその場に崩れ落ちたのだ。

「夏帆！」

慌てて俺が抱きとめると、夏帆が弱々しく微笑み、首を横に振った。

「わかったよね？　あたしはやっぱり晴人のお姉さんなんだよ」

「佐々木先生が言ったとおりとは限らないよ」

「でも証拠があるもん。半年ぐらい前かな。あの人があたしに会いに来て、晴人があたしの弟だって教えてくれたの」

だけど、俺の父は否定している。

あとは最後の手段に出るしかない。

「夏帆のお母さんに聞いてみよう。本当のことを知っているのは、たぶん秋穂さんだけだから」

「そうだね。……でも、あたし、怖いの。本当のことを知るのが怖い」

気持ちはわかる。もしかしたら、本当に夏帆の父親は俺の父かもしれないのだから。

でも、怖がっていては進めない。

問題の決着はこの一週間後になった。

秋原雨音が日本に戻ってきたのだ。

第二話　従姉の帰還　chapter.2

その日の学校からの帰り道、俺は玲衣《れい》さんと一緒に商店街に寄った。夕飯のための買い物をすることにしたのだ。

もう玲衣さんと一緒にいることが、俺の生活の一部になっているな、とも思う。夏帆《かほ》は用事があると言って先に帰った。今日の夜からうちに住むつもりらしいから、荷物を取りに行ったのだと思う。

商店街の店をきょろきょろと見ながら、制服姿の玲衣さんは楽しそうな表情を浮かべている。

「わたしたちの家の近くにこんな商店街があったんだ……」

「そうそう。けっこう昔からある商店街だけど、ちゃんと今でも繁盛《はんじょう》していて、自炊《じすい》の食材を買うのに重宝してる。値段も安くて、お得だし」

「晴人《はると》くんが主婦みたい」

玲衣さんがくすっと笑う。俺は肩《かた》をすくめた。

「言われてみればそうかもね」

家事は父さんや雨音《あまね》姉さんと分担していたとはいえ、俺が一番得意だった。今は玲衣さんの食事を作ったり、お世話をしているし。

玲衣さんがちょっと申し訳なさそうな顔をする。

「わたしも晴人くんに甘えてばかりじゃなくて……晴人くんのためにご飯を作ってあげたりとか……できるようになりたいな」

「そんなこと考えなくていいよ」

「わたしがそうしたいの。晴人くんに甘やかされてばかりじゃなくって、晴人くんを甘やかすことができるような女の子になりたいなって思ったの」

玲衣さんに上目遣いに見つめられ、俺は体温が上がるのを感じた。

ふふっと玲衣さんが笑う。

「こうして一緒に買い物に来ているのも、晴人くんに料理を作ってあげられるようになる準備なんだから」

「そうなの？」

「晴人くんのやり方を見て、一人で買い物に行っても安くて美味《おい》しいものを買えるようになりたいなって」

「ああ、なるほどね。たしかに一緒に見て回るのは良いかもしれない」

精肉店にしても八百屋にしても、このあたりには良い店がたくさんある。

「あ、あのね。料理も晴人くんに教えてほしいなって思うの」

「もちろん。それぐらいお安い御用《ごよう》だよ」

「やった！」

玲衣さんが無邪気《むじゃき》に喜ぶのを見て、俺は微笑ましく思う。

俺がおすすめの店に案内しようと歩き出す。玲衣さんも俺のあとについてきた。

歩く速さを、俺は玲衣さんと合わせる。

玲衣さんは幸せそうに俺を見上げながら、ささやく。

「一緒に商店街に来た理由はもう一つあるの」

「それは、えっと……」

「は、晴人くんとデートしたいから……」

玲衣さんは頬を赤く染めて、そう言った。

言われてみれば制服デートに見えるかもしれない。商店街を歩く人たちが、微笑ましいという目で見ている。

周りの目を意識すると、急に恥ずかしくなってきた。

言った玲衣さんも恥ずかしくなってきたらしい。目をきょろきょろとさせて、俺の制服の袖《そで》をぎゅっと握《にぎ》る。

「みんな見てるね」

「う、うん」

「手をつないだら、もっと恋人っぽいかな」

玲衣さんはつぶやいて、そして、首を横に振る。

「や、やっぱり、今のなし。早く行こ？」

玲衣さんはそう言って、早足に歩き出そうとして、その場でつまずいてしまった。

「きゃあっ！」

玲衣さんが悲鳴を上げて倒《たお》れそうになり、俺は慌てて背後から玲衣さんの左手を取って支える。玲衣さんはどきどきした表情でこちらを振り返る。

「は、晴人くんの手……」

「あ、ごめん。思わずつかんじゃったけど……」

「ううん。助けてくれてありがとう。それに、嬉しいもの。このままがいい」

玲衣さんはふふっと笑い、俺は自分の体温が上がるのを感じた。

「行こっ、晴人くん」

玲衣さんは俺の手を握ったまま、一歩を踏《ふ》み出した。慌てて俺もそれについていく。

ともかく、俺《おれ》たちは店を一通り回り、買い出しを終えた。そのあいだも玲衣さんはずっと楽しそうで、俺は玲衣さんの明るい表情の可愛さにどきどきさせられる。唯一《ゆいいつ》、玲衣さんが残念そうだったのは、荷物で両手がふさがってしまって、手をつなげなくなったことだった。

帰り道も、玲衣さんはぴたりとくっついて俺のとなりを歩いていた。とても近いので、ふわりと玲衣さんの甘い香りさえする。

「こうしていたら……わ、わたしたち、し、新婚《しんこん》さんに見えるかな？」

「高校の制服を着ていたら、新婚に見えるってことはないんじゃない？」

俺は思わず言ってしまい、玲衣さんが頬を膨らませる。

「そういう意味じゃないよ。一緒に買い物に行って、二人きりで同じ家に住んでいたら……結婚《けっこん》しているようなものだもの！」

言い終わってから玲衣さんはかあぁっと顔を赤くして、目をそらす。大胆《だいたん》な発言だといまさら意識したのだと思う。俺も恥ずかしくなって目をそらす。

やがて玲衣さんが言う。

「わたし、晴人くんと二人で、あの家に住んでいたい。でも……」

夏帆がうちにやってくる。夏帆はそう言っていた。そうなれば、これまでみたいな二人での同居生活は終わってしまう。

玲衣さんはちらりと俺の表情をうかがう。

「晴人くんにとっては、可愛い女の子がもう一人増えて、嬉しいのかもしれないけど……」

「そ、そんなこと思っていないよ」

「本当？　でも、佐々木《ささき》さんは、晴人くんの好きな人だったわけだし」

もし一ヶ月前の俺に、夏帆と同じ家に住めると言えば、きっと大喜びしただろう。でも、今は玲衣さんがいる。

「わたし以外の女の子が一緒の家にいるなんて、嫌だな」

玲衣さんが寂《さび》しそうな顔で言う。

「それなら、俺が……」

夏帆がうちに来ることを断る、と言いかけたけれど、そんなことができるだろうか？　夏帆が俺の実の姉かもしれないという疑惑は残ったままだ。そして、そのせいで夏帆は孤《こ》独《どく》に苦しんでいる。俺は真相を知るために、夏帆の力になると約束してしまった。

俺が続きを言う前に、玲衣さんが先回りする。

「でも、今は佐々木さんがうちに来るのを許してあげる。佐々木さんがつらいのもわかる

し、佐々木さんはもしかしたら晴人くんのお姉さんなのかもしれないもの」

玲衣さんは目を伏《ふ》せて、小声で言う。我慢するような玲衣さんの表情に、俺は罪悪感を覚えた。

「ごめん」

「ううん。わたしだって、晴人くんの立場だったら、同じように佐々木さんを受け入れると思う。でも、わたしはわたしだから、やっぱり晴人くんと二人きりがいいとも思っちゃう。わたし……すごく性格が悪いの」

「玲衣さんが？　そんなことないよ。玲衣さんは優《やさ》しいと思うけど」

玲衣さんは不器用で、最初は俺にも冷たかったけど、今は性格が悪いなんて感じない。少し抜《ぬ》けているところもあるけれど、とても純粋《じゅんすい》で温かい少女だと思う。

でも、玲衣さんは首を横に振る。

「わたしは優しくなんてないの。わたしが今考えていることを知ったら、晴人くんだってわたしのことを嫌いになると思う」

「そんなことないよ」

「嘘《うそ》」

「もしさ、言いづらいことがあっても、言ってほしいな。俺はそれで玲衣さんを嫌いにな

ったりしないよ」

「絶対に？」

「絶対に」

俺が微笑むと、玲衣さんは迷ったように目を泳がせ、それから、ぽつりとつぶやく。

「わたし、佐々木さんが本当に晴人くんのお姉さんだったら良いのにって思ってる」

「どうして？」

「佐々木さんがいなければ……佐々木さんが晴人くんと付き合えないなら、わたしが晴人くんを独《ひと》り占《じ》めできるもの。そんなことを考えてしまうわたしは、自分のことが嫌いだなって思う」

玲衣さんはぎゅっと自分の胸元《むなもと》を右手で握りしめ、つらそうな表情をする。それはそうなのかもしれない。玲衣さんからしてみれば、夏帆は自分の居場所を脅《おびや》かす存在だ。夏帆がもし俺の実の姉なら、夏帆という最大のライバルがいなくなる。

玲衣さんは怯えるように俺を上目遣いに見る。

「晴人くんだって、こんなわたしのこと、嫌いになっちゃったでしょう？」

「なったりしないよ。俺が玲衣さんの立場でも同じことを考えると思う」

俺は意識して玲衣さんと同じ言葉を使った。玲衣さんが目を見開く。

「本当に？」

「嘘なんてつかないよ。玲衣さんが夏帆のことをそういうふうに思うのは、人間の自然な感情だと思う。それなのに、玲衣さんは俺が夏帆の力になることを認めてくれて、協力してくれる。だから、玲衣さんは優しいよ」

「そうだといいけれど……。でも、晴人くんがそう言ってくれて、わたしのことを嫌《きら》いにならないでくれて嬉しいな。ありがとう」

玲衣さんは小声で言いながらも、少しだけ表情を明るくした。

「佐々木さんが晴人くんのお姉さんでも、そうでなくても、わたしは晴人くんを佐々木さんに渡《わた》したりなんかしない。不安になっている暇《ひま》なんてないよね。……覚悟《かくご》しておいてね、晴人くん？」

「う、うん」

俺がこくこくとうなずくと、玲衣さんはくすっと笑った。

結局のところ、玲衣さんの思いも、夏帆の苦しみも、血縁《けつえん》問題の真相がわからない限り解決しない。

家に到着《とうちゃく》すると、玄関の前で夏帆が待っていた。

「おかえり、晴人。それに……水琴《みこと》さん」

夏帆は柔《やわ》らかく微笑《ほほえ》んだ。制服のセーラー服姿だけれど、大きな手荷物を抱《かか》えている。

うちに泊《と》まりに来たんだろう。

俺は気になっていたことを尋《たず》ねる。

「秋穂《あきほ》さんの許可は取れたの？」

「ばっちりだよ」

「本当に？」

秋穂さんは夏帆を自由放任で育てていたけど、夏帆は優等生だったから、それでも問題なかった。それでも、高校生の娘《むすめ》がしばらく外泊《がいはく》するというのを簡単に許可するだろうか？

けれど、夏帆は自信たっぷりだった。

「平気だよ。晴人の家だもの」

そういうものだろうか？　秋穂さんは何を考えているんだろう？

そして、夏帆は玲衣さんをちらりと見る。

玲衣さんは青い瞳《ひとみ》で夏帆を見つめ返した。

「水琴さんはあたしがこの家に住むのに反対でしょう？」

「どうしてそう思うの？」

「あたしが水琴さんだったら、反対するもの。晴人を独り占めしたいから」

「わたしは……反対しないわ」

意外な言葉に、俺も夏帆もびっくりして玲衣さんを見つめる。玲衣さんは見つめられて、照れたように微笑む。

「晴人くんがそう決めたんだもの。それにね、同じ家に住んでいても、わたしは佐々木さんに負けたりしない。ここは晴人くんとわたしの家だもの！」

「ここは水琴さんの家じゃないよ。あたしが晴人の姉でも、そうでなくても、あたしは晴人の幼馴染で、家族だもの。この家は、あたしと晴人の家になるの！」

「そんなこと許さないんだから！」

玲衣さんと夏帆がバチバチと視線を交差させる。火花が散るようで、俺は息を呑《の》んだ。

こ、これから……どうなるのだろう？

☆

こうして、夏帆はうちに転《ころ》がり込《こ》んできて、住みはじめた。

「お姉さんとして、晴人と水琴さんが変なことをしないか、監視《かんし》しないとね」

夏帆はそう言って微笑んだけど、でも、やっぱり普段《ふだん》より元気がなさそうだった。

夏帆が笑顔を見せたのは、晩ご飯に俺の料理を食べたときで、「これから毎日晴人のご飯が食べられるなんて、幸せ」と言うのだった。

そういうときは、玲衣さんも「わ、わたしも晴人くんの料理が大好き」と言ってくれる。

でも、ともかく、このままじゃいけない。

夏帆の叔母だという佐々木冬花《とうか》先生の言葉を聞く限り、やっぱり俺と夏帆の血縁疑惑は完全には消えていない。

一つは夏帆の母の証言があるらしいということ。もう一つは血液型の問題だ。

今日は休日で、俺は目をこすりながら起きた。

もう朝の九時だ。

なのに、夏帆も玲衣さんもまったく起きてくる気配がない。

夏帆はともかく、玲衣さんも意外と怠《なま》け者なんだなと微笑ましく思う。

そのとき、チャイムが鳴った。

そういえば、ネット通販《つうはん》で何冊か推理小説を買っていて、今日ぐらいに届くはずだった。

玲衣さんと夏帆がいるので、これからは全然読む時間がなさそうだけれど。

俺は「はい」と返事をしながら、アパートの扉を開けた。

そこにいたのは、背の高いすらりとした美人女性だった。

彼女はくすっと笑い、その綺麗《きれい》なストレートの黒髪が揺《ゆ》れる。

冬だというのに、Tシャツに短パンみたいな露出度《ろしゅつど》の高い服装で、けれど、それが彼女のスタイルの良さを際立《きわだ》たせている。

俺は彼女のことをよく知っていた。

「あ、雨音姉さん」

「晴人君！　久しぶりね！」

そう言うと、雨音姉さんはぴょんと跳《は》ねるように俺に飛びついた。

俺は思わずバランスを崩して転びそうになったが、雨音姉さんが俺を強く抱きとめたので転ばずにすんだ。

でも、それはそれで困る。

雨音姉さんは正面から俺に抱きついている。

そうすると、なんというか身体の柔らかい部分が当たっているし、それに、ふんわりと甘《あま》い香《かお》りがする。

俺は困惑《こんわく》と心地《ここち》よさのせいで、くらりとめまいがしそうになった。

玲衣さんや夏帆とはまた違《ちが》う。

大人の女性といった感じがした。

数年前までは、雨音姉さんだって玲衣さんたちと変わらない女子高生だったのに。

雨音姉さんは俺の従姉で、女子大生だ。

ずっと一緒《いっしょ》にこの家に住んでいて、そして去年からアメリカの大学に留学している。

「は、放してよ。雨音姉さん」

「そう言って放すと思う？」

いたずらっぽくウィンクすると、雨音姉さんは俺の耳元に唇《くちびる》を近づけた。

雨音姉さんの甘い吐息《といき》がかかり、くすぐったい。

「久しぶりに会うのに、晴人君は私のことを歓迎《かんげい》してくれないの？」

「そ、そういうわけじゃないけど……」

俺はちらりと部屋の中を見た。

玲衣さんと夏帆がいつの間にか起きてきていて、俺たちを見て顔を赤くしていた。

「晴人くん……」「晴人……」

二人の少女は、それぞれ不満そうに俺を睨《にら》んでいる。

「夏帆も水琴さんも、やきもちやいてるんだ？」

からかうように雨音姉さんが言う。

相変わらず、俺にくっついたまま。

「でも、こうやって晴人君のことをハグしていたのはいつものことだったものね」

「いつものこと？」

「ええ。私が晴人君と一緒に住んでたときは、こうやって晴人君といちゃいちゃしていたもの」

くすくすっと雨音姉さんが笑った。

いいなあ、と小さく玲衣さんがつぶやく。

雨音姉さんは急に俺を放すと、ばしばしと俺の背中を叩《たた》いた。

「モテモテだね！　晴人君！　二人の美少女を侍《はべ》らせてるし」

「侍らせてるわけじゃないんだけど……」

「違わないでしょう？」

俺は言葉に詰《つ》まった。

確かに客観的に見れば、そうなのかもしれない。

「ま、でも、侍らせるのは二人だけじゃないかもね」

「え？」

「クリスマス休暇《きゅうか》のあいだは私もここに住むから」

雨音姉さんは弾《はず》んだ声で、嬉《うれ》しそうに微笑んだ。

そして、雨音姉さんは重大なことを言った。

「さて、夏帆の問題を解決しに行きましょうか」

「解決？　どうやって？」

「私は鍵を握っているの。すぐに夏帆は晴人君の姉じゃないって証明してみせるわ。だって」

そこで言葉を切り、雨音姉さんはちょっと頬《ほお》を染めて、上目遣《うわめづか》いに俺を見た。

「晴人君のお姉さん役は、私だけで十分だものね」

☆

その日の午後、俺たちは、夏帆の家の前にいた。

それは雨音姉さんの提案だった。

結局のところ、夏帆の母親である秋穂さんに聞かなければ、俺と夏帆の血縁疑惑は晴れない。

そういうふうに雨音姉さんは言った。

それは正論なのだけれど、俺も夏帆もその勇気がなかったのだ。

佐々木家はけっこう立派な家だ。

遠見《とおみ》の屋敷《やしき》ほどではないにしても、大きな日本家屋に庭園がついている。

その門は古めかしい造りだった。

隣《となり》のビルは対象的なコンクリート打ちっ放しの近代的な建物で、佐々木総合クリニックという大きな病院になっている。

秋穂さんはその院長なのだ。

もともと佐々木家は医療《いりょう》関係者の多い家系で、夏帆の父である佐々木信一《しんいち》さんも医者だし、その妻の秋穂さん自身も医者だった。

「さて、入りましょうか」

雨音姉さんは平然と門の横のチャイムを鳴らした。

この狭い町は、知り合いばかりだ。

秋穂さんとは家族ぐるみの付き合いだったし、雨音姉さんも秋穂さんと親しかった。

しばらくして、秋穂さんが姿を現した。

急ではあるけれど、事前に訪問予定は告げてある。

「久しぶりね、晴人くん。それに雨音さんも。海外から帰ってきたの？　来てくれて本当に嬉しいわ」

秋穂さんが綺麗に微笑んだ。

まだ三十代後半の秋穂さんは、夏帆をそのまま大人にしたような感じの美人だった。

長い黒髪を綺麗に束ね、名門の未亡人といったふうの上品な服を着ている。

「ご無沙汰《ぶさた》していてごめんなさい」

雨音姉さんも嬉しそうに応える。

この二人は単なる家族ぐるみの付き合い以上に、昔から仲が良かったような記憶《きおく》がある。

夫を亡《な》くした秋穂さんと、両親を亡くした雨音姉さんは、互《たが》いに共通するものを見出《みいだ》していたのかもしれない。

「そうそう。夏帆ったら、いきなり晴人くんの家で寝泊《ねと》まりするって言い出してびっくりしたわ」

夏帆がぎくっとした顔をする。

俺も電話で秋穂さんと事前に話していたから大丈夫《だいじょうぶ》だと思っていたのだけど、改めて聞くと、夏帆はやっぱりちゃんと承諾《しょうだく》を得ていなかったらしい。

まあ、幼馴染《おさななじみ》とはいえ、男の家に泊まるなんて話、積極的に賛成はしないだろう。

夏帆は不満そうに言う。

「お母さんはあたしと晴人が仲良くするのが嫌《いや》なんでしょ?」

「いいえ？　そんなことはないわ」

「嘘。お母さんは最近、あたしが晴人に会うときいい顔をしなかった」

それは初耳だ。

でも、もし夏帆が俺の姉なら、夏帆の母親が俺と夏帆が付き合うことに反対してもおかしくはない。

これも俺と夏帆の血縁疑惑の状況証拠《じょうきょうしょうこ》にはなってしまう。

「お母さんがあたしと晴人が仲良くするのに反対してた理由って……」

そこで夏帆は口ごもった。

聞くのが怖《こわ》いんだろう。雨音姉さんをちらりと見ると、雨音姉さんがうなずき返す。

俺は夏帆の力になると言った。夏帆が聞けないなら、俺が勇気を出すべきだろう。

「秋穂さんは……うちの父と……その……不倫をしていたんですか？　夏帆の本当の父は秋原和弥《あきはらかずや》……俺の父なんでしょうか？」

秋穂さんは目を大きく見開いた。俺は緊張《きんちょう》して答えを待つ。

「誰《だれ》に聞いたの？」

「秋穂さんの義理の妹。佐々木冬花さんですよ」

それを聞いて、秋穂さんは天を仰《あお》ぎ、はぁっと大きくため息をついた。

そして、俺と夏帆を見つめる。

「最近、夏帆の様子がおかしかったのはそういうことだったのね」

「どうなんですか？」

俺は思わず、秋穂さんに答えを促《うなが》してしまった。

秋穂さんは綺麗な瞳でまっすぐに俺を見つめた。

「嘘をついても仕方がないでしょうね。きっと納得《なっとく》してくれない。答えは半分だけイエス」

「半分だけ？」

「ええ。夏帆にとってはショックなことだと思って黙《だま》っていたけど……実は……」

苦しそうに秋穂さんは黙り、ようやくふたたび口を開いた。

「私は昔からずっとあなたのお父さんのことが……和弥のことが好きだったの。私と和弥が幼馴染だったって知ってるでしょう？」

「……はい」

「高校のときは付き合っていたこともあるの」

それは初耳だ。

そんなこと父さんからは一度も聞いたことがない。

「でも、私は振《ふ》られちゃった。私よりも好きな人ができたんだって言われて。それがあな

たのお母さん」

「そうだったんですね」

「やっと諦《あきら》めて信一さんと結婚したのに、彼《かれ》は事故で死んじゃった。私と夏帆を遺《のこ》して。夏帆を見るたびに信一さんのことを思い出して辛くなるし、それに、和弥にも未練があった。だから私は思ったの。夏帆は私と和弥の子どもだと思って育てようって」

　俺も夏帆も固まった。

　どういうことだろう？

「和弥は夫を亡くした私に親切にしてくれたわ。でも、それは幼馴染としての、友人としての親切にすぎなかった。子どもみたいかもしれないけど、それが嫌だったの。だから、私は自分に都合のいい妄想《もうそう》をした。今では自分でもどうかと思うけど、当時は本当に辛かったから」

「でも、それなら、なんで冬花さんは、夏帆のことを俺の父親の子だと言ったんです？」

　話が秋穂さん個人の願望にすぎないというのなら、なぜそれが冬花さんの口から出てくるのだろう。

「夏帆が小さかったころは、佐々木の本家から夏帆を引き渡せってうるさかったの。特に信一さんの両親がね。だから、それを解決する一番いい手は、信一さんの子どもじゃない

って、本家に噂《うわさ》を流すことだった。もちろん、和弥の名前は挙げていないけど、冬花は自分で調べて、そのころ私と親しかった男性の名前を見つけてきたんだと思うわ」

「なるほど……」

話が複雑だが、理解できてきた。冬花さんの勘違《かんちが》い、ということだろうか。

「私は夏帆が晴人くんと仲良くなるのに反対したつもりなんてないわ。でもね、今のあなたたちを見てると、昔の私と和弥を見ているみたいで怖かった。いつか夏帆が私みたいに振られて、傷つくんじゃないかって。だから、無意識にそれが顔に出てたのかもね。ごめんなさい」

俺も夏帆も黙った。

幼馴染だったという秋穂さんと俺の父さん。たしかにその関係は、今の俺たちに近いものだったのかもしれない。

雨音姉さんがぽんと手を打つ。

「最後に一つ。血液型なんですけど」

「ああ。信一さんがO型なのに、夏帆がAB型ってことね。それは……」

「それは秋穂さんがCｉｓＡB型だからでしょう？　違いますか？」

ちょっと驚《おどろ》いた表情を秋穂さんは見せた。そして、感心したふうに言う。

「さすがアメリカの大学に行く秀才《しゅうさい》ね。いろんなことを知っているのね」

「同一染色体の上にA、B両方の遺伝子がのっていれば、片親がO型でもAB型の子が生まれる。それがCｉｓAB型っていう血液型。医者の秋穂さんなら当然知ってると思いますけど」

「ええ……夏帆がもっと大きくなって、結婚するってときになったら教えるつもりだったわ。でも、こんなことになるなら、もっと早く伝えておくべきだったのかもしれないわね」

秋穂さんは申し訳なさそうに表情を曇《くも》らせた。

しかし、これで問題はすべて解決ということだ。俺の父さんも秋穂さんも不倫《ふりん》疑惑《ぎわく》を否定しているし、俺と夏帆の血縁を疑う理由は何もなくなった。

雨音姉さんが弾んだ声で言う。

「ね、晴人君。ちょっとの勇気と知識があれば、問題はすぐに解決するものでしょう？」

「どうして雨音姉さんはそんなに俺と夏帆に血縁関係がないって自信があったの？」

「私は和弥叔父様《おじさま》や秋穂さんからいろいろ昔の話を聞いていたの。昔の恋愛《れんあい》話も含《ふく》めてね。私はあなたたちより年上だもの。だいたいの予想がついたわけ。それに、もともと私は和弥叔父様を、あなたのお父様を信じていたから」

一方の夏帆はしばらく呆然《ぼうぜん》としていたが、やがて我に返ると、本当に嬉しそうに微笑んだ。

「そっか。あたしは晴人のお姉さんじゃないんだ」

「そうだね」

「それはそれで、ちょっと残念かも」

くすくすっと夏帆は笑った。

「でも、晴人のお姉さんじゃないなら、あたしが晴人の何になるかは決まっているよね」

「へ？」

「あたしは……晴人の恋人《こいびと》になりたいの」

夏帆は頬を染めて、静かにそう言った。

だから、夏帆と俺が姉と弟だという疑いは完全に晴れた。

夏帆とその母の秋穂さんのあいだには、なんのわだかまりも残らないはずだし、そうなれば夏帆が家出を続ける理由もなくなる。

と思っていたのは甘かった。

「あたし、しばらく晴人の家に住むから」

あっさりと夏帆は言った。

秋穂さんが困惑したように眉《まゆ》を寄せる。

「もしかして、夏帆は私のことを怒《おこ》ってる？　何も話さなかった私のことを。だから、私

と一緒にいたくない？」

「ううん。違うの。私、お母さんのことを恨《うら》んだりなんかしてないよ。あたしが晴人の家に住むのは、ただのあたしのわがまま」

「それなら、晴人くんにも迷惑《めいわく》をかけてしまうし、それに高校生の男女が一緒の家でなんて良くないわ」

秋穂さんは案の定、反対しようとした。

けれど、夏帆はにっこりと微笑みを返した。

「恨んではいないけど、お母さんがもっと早く話してくれてたら、あたしも晴人の告白を断らずに済んだなあ、なんて」

うっ、と秋穂さんが言葉に詰まる。

秋穂さんとしても、そう言われると後ろめたいのだろう。

呆《あき》れたように肩をすくめ、深くため息をついた後、秋穂さんは空を仰いだ。

それからくすくすっと笑う。

その姿は夏帆そっくりだった。

「いったい誰が夏帆をこんな性格の悪い子に育てたのかしら？」

「お母さんでしょう？」

「まあ、ちょっとのあいだだけだったら、晴人くんの家に泊まってもいいけど、ちゃんと節度を保ってお付き合いしてね」

秋穂さんがまるで俺と夏帆が付き合うかのような口ぶりで言うので、俺はびっくりした。

そして、秋穂さんは玲衣さんの存在を知らないということに気づく。

困った。

たしかに、この血縁疑惑《けつえんぎわく》さえなければ、夏帆は半年前にあっさりと俺の告白を受け入れていたはずで、そして今も夏帆と付き合っていたに違いない。

でも、今の俺の家には玲衣さんがいる。

秋穂さんが、雨音姉さんに「二人をしっかり見張っていてね」と心配そうに頼《たの》んでいた。

第三話

あなたの隣で寝る権利

chapter.3

その日の夜、俺の家では寝る場所が問題になった。

俺と玲衣《れい》さんの二人だったときは別々の部屋に寝ればよかったし、夏帆《かほ》が増えても女子二人組で同じ部屋に寝てもらえばよかった。

けど、雨音《あまね》姉さんも含めた三人が住むとなると話は別だ。部屋は二つでそれぞれに敷《し》ける布団《ふとん》は二つまで。

誰かが俺と同じ部屋で布団を並べて寝ないといけない。

玲衣さんと夏帆が論戦を繰《く》り広げていた。

議題は、どちらが俺と一緒の部屋の布団で寝るか。

玲衣さんは「わたしの寝相《ねぞう》は悪くないもの」というよくわからない理由で自分がふさわしいと力説していた。

二人は延々言い争いをしそうだったけれど、雨音姉さんの鶴《つる》の一声で決着がついた。

俺と一緒の部屋で寝るのは雨音姉さん。

まあ、順当な結論だと思う。従姉《いとこ》で、ずっと前からこの家に住んでいたし。

「私は晴人《はると》君のお姉さんで、家族だもの」

と雨音姉さんは自信たっぷりに笑った。

玲衣さんが慌《あわ》てて、必死でなにか理屈《りくつ》を考えようと、額に手を当てていた。

そして、名案を思いついた、というようにぱぁーと顔を明るくする。

「わたしだって、晴人くんの妹ですから！」

「へ？」

「雨音さんは従姉だから晴人くんの『お姉さん』。わたしは晴人くんのはとこだから、妹って言えるでしょう？」

玲衣さんはにこにこしながら、俺に言った。

たしかにそんなような話をした。

玲衣さんははとこだから、十六分の一だけ俺の妹だ、と。

そのときは、ちょっと後に生まれただけで、自分が妹だなんて納得いかない、と不満そうにしていたのに。

俺がそう言うと、玲衣さんは「なんのこと？」ととぼけた。

「そんな昔のことは忘れたもの」

「いや、ついこのあいだのことだと思うけど……」

「違うもの。は、晴人お兄ちゃんの意地悪……」

玲衣さんが頬を赤くして、俺を上目遣いに睨んだ。

「その呼び方で俺を呼ぶのも二度目だよね？」

と俺は言い、失言に気づいた。玲衣さんも「しまった」という顔をしている。今、俺たちは二人きりじゃないのだ。

雨音姉さんは面白《おもしろ》そうに俺を見つめていた。

一方の夏帆は冷たくジト目で俺を眺《なが》めて、そして言う。

「へえー。晴人は水琴《みこと》さんに妹プレイをさせてたんだ？」

「ぜんぜん違う！」

「決めた。やっぱり晴人と一緒に寝るのは、雨音さんでいいから！」

夏帆は決然たる様子で言い切る。

そして、「晴人と水琴さんが一緒になるのだけは避《さ》けなくちゃ……」と小さくつぶやいてた。

「はい。三対一。多数決で決まりね」

雨音姉さんが勝ち誇《ほこ》った笑《え》みを浮《う》かべる。

こうして俺《おれ》と玲衣さんと夏帆と雨音姉さんの短い共同生活が始まった。

☆

その日の夜、話し合いの結論どおりに俺と雨音姉さんが隣同士《となりどうし》の布団で寝ることになった。

いまは十二時を越えたぐらいで、帰国して間もない雨音姉さんはかなり疲《つか》れていたのか、ぐっすりと寝てしまっている。

もう雨音姉さんはすっかり大人の女性といった雰囲気《ふんいき》だけれど、パジャマは可愛《かわい》らしいくまの柄《がら》の入ったシャツだった。

ギャップが微笑ましいけど、俺が隣にいるのに、こんなに無防備でいいのかなとも思う。

留学に行く前だって、俺たちは別々の部屋で寝ていたのに。

俺は隣の布団に寝転《ねころ》がりながら、雨音姉さんの寝顔《ねがお》を眺める。

こっちの部屋も隣の部屋も、寝るために明かりは消しているけど、いちおう常夜灯だけはつけている。

雨音姉さんが寝返《ねがえ》りを打つ。

そして、「晴人君」と幸せそうな寝言《ねごと》をつぶやいた。

俺も寝ることにしよう。

頭から毛布にくるまり、俺は目をつぶった。

けど、寝付《ねつ》けない。

玲衣さんのこと、夏帆のこと、雨音姉さんのこと、そして、俺の父や、秋穂《あきほ》さん、そして遠見《とおみ》の家のこと。

いろいろと考え、目が冴《さ》えてしまう。

そのまま過ごすうちに、がさっと何かが動く音がした。

誰かが起きて、水でも飲みに行こうとしてるのかな？

けれど、俺の想像は外れた。

俺が毛布から顔を出すと、その人影《ひとかげ》は俺に覆《おお》いかぶさった。

それは玲衣さんだった。薄手《うすで》のシャツパジャマを着ている。パジャマの二つ目のボタンまでが外れていて、胸元がはだけていてどきりとする。

俺がびっくりして動こうとすると、玲衣さんが俺の口に人差し指を当てた。

「騒《さわ》がないで」

俺は玲衣さんの人差し指の感触《かんしょく》に心を乱されながら、その青い瞳を見つめた。

玲衣さんは視線をそらすと、そっと俺に抱《だ》きついた。

「ど、どうしたの？」

俺は玲衣さんに言いながら、気が気でなかった。

雨音姉さんや夏帆が起きてくるかもしれない。

それに、布団に仰向《あおむ》けになっている俺に対し、玲衣さんはうつ伏《ぶ》せになって、俺に密着している。

玲衣さんはぴったりと俺の上に乗っていて、そのしなやかな脚《あし》の感触も、柔らかい胸の質感も、甘い吐息の熱さも、すべてそのまま伝わってくる。

玲衣さんは瞳を潤《うる》ませていた。

「晴人くんと話せてなくてさみしかったから」

「ええと、家で一緒にいたような気がするけど」

「でも、佐々木《ささき》さんたちもいるもの。だから、二人きりになれなくてさみしかったの」

玲衣さんは俺の耳元でささやいた。

そう言われると、たしかにそうかもしれない。

夏帆がこの家に来た昨日から、玲衣さんと一緒にいるときは、夏帆もだいたい一緒だった。

「だから、来ちゃった」

恥《は》ずかしそうに、玲衣さんが頬を染めた。

いじらしく玲衣さんは俺を見つめた。

「良かったね。佐々木さんがお姉さんじゃないってわかって」

「うん」

「これで、晴人くんと佐々木さんは本物の彼氏《かれし》彼女《かのじょ》にもなれるんだよね？」

不安そうに玲衣さんが目を伏《ふ》せた。

玲衣さんは俺のことを好きだと言ってくれた。

俺が夏帆と付き合うんじゃないかと心配なんだと思う。

「二人が付き合うのは、自然なことだと思うの」

「え？」

「晴人くんが佐々木さんのことを選ぶのは当然だもの。二人は幼馴染で、お互いのことをずっと知ってて、両思いなんでしょう？　なら、そこにわたしが入りこむことなんてできないから」

「それは……どうなんだろう」

「きっとそうだよ。でもね、それでも、わたしは晴人くんのことが好きで……佐々木さん

に渡《わた》したくないの」

「そっか……」

俺が夏帆に振られたときも、それでも俺は夏帆のことが好きだった。玲衣さんも同じような気持ちなのかもしれない。玲衣さんの言う通り、俺と夏帆が付き合う上での障害は全くなくなった。そして、夏帆も俺のことを好きだと言ってくれている。

玲衣さんが不安に思うのも当然だと思う。仮に俺と夏帆が付き合うとすれば、玲衣さんとこれまでの関係を続けるわけにはいかない。玲衣さんがこの家に俺と一緒に住むという関係だって、変わらざるを得ないかもしれない。

「だから……」

玲衣さんはそこで言葉を止めた。そして、俺の唇を塞《ふさ》いでいた自分の人差し指を離すと、その白くて細い指をぺろりと舐《な》めた。

玲衣さんはえへへと笑う。

「晴人くんの味がする」

「俺の味？」

「そう。わたしの好きな晴人くんの味がする」

顔を真っ赤にしながら、玲衣さんはそんなことを俺の耳元でささやく。その吐息が俺の

耳をくすぐる。

玲衣さんはこの後、どうするつもりなんだろう。真夜中に二人きりで寝床《ねどこ》の上。玲衣さんは薄《うす》いパジャマ姿で、しかも胸元《むなもと》もはだけている。

そして、玲衣さんは夏帆への対抗心《たいこうしん》からここに来た。そうだとすれば、玲衣さんから俺への何かしらのアプローチがあるということなんだろうか……？

夜這《よば》い、という言葉を一人で連想して、俺はうろたえる。

「えっと、玲衣さんが……ここに来たのは……？」

「晴人くんと寝たいなって思ったの」

やっぱり、エッチなことをしに来たのか……！　俺は「寝る」という言葉の意味をそう捉《とら》えて、激しく動揺《どうよう》した。玲衣さんは魅力的《みりょくてき》な美少女で、でも、まだ俺は自分の気持ちを整理できていなくて……どうすればいいかわからなかった。

ふと玲衣さんのパジャマのボタンの外れた部分から、胸の谷間がちらりと見えてしまう。

俺は自分の体温が上がるのを感じた。このまま玲衣さんに迫《せま》られたら……。

けれど、玲衣さんは何もせず、布団の中に潜《もぐ》り込むと、俺の横に寝そべった。

そして、俺の手をそっと握《にぎ》る。横顔を眺めながら、玲衣さんが幸せそうに笑った。

「晴人くんが隣にいれば、安心して眠《ねむ》れそう」

「え、本当に寝るの？」

「？　寝ないの？」

俺と玲衣さんは顔を見合わせる。玲衣さんはどうやら、このまま寝る……文字通り睡眠《すいみん》をとるつもりのようだった。夜這い、なんて雰囲気はまったくない。

「てっきり玲衣さんが……」

俺は口を開きかけて黙った。まさか玲衣さんが俺を押《お》し倒《たお》すのではと思っていたなんて、言うわけにはいかない。

けれど、玲衣さんも、雰囲気で俺の言いたいことを察したらしい。顔を赤くして、目をそらす。

「は、晴人くんはエッチなことを……想像したんだ？」

「ご、ごめん。でも、夜中に寝巻《ねま》き姿の女の子がやってきて、布団の上から覆いかぶさって寝るって言ったら、そういうことを想像するよ。服だって……」

「服？」

そう言ってから、玲衣さんは自分のシャツパジャマを見て、ボタンが外れていることに気づいたらしい。慌ててボタンを閉じようとするけれど、動揺しているせいか、小さめのボタンが上手くはまらない。

「は、晴人くん……見ないで」

「み、見てないよ」

「晴人くんの嘘《うそ》つき。エッチ！　も、もとはといえば、わたしがうっかりしていたせいだけど……」

「わざとじゃなかったんだ……」

「わ、わざとボタンを外して、胸を見せたりしないもの！　……あ、あのね、ボタンが留《と》められないの。だから……晴人くんが……留めてほしいな」

「お、俺が⁉」

「だ、ダメ？」

玲衣さんがとんでもないことを言い出した。俺は反射的に気になったことを尋《たず》ねる。

「ボタンを留められないってことはないんじゃない？」

いくら小さくて留めにくいボタンで、玲衣さんが動揺していて不器用だとしても、パジャマのボタンが留められないということはない気がする。

玲衣さんは頬を膨《ふく》らませる。

「晴人くんの意地悪」

玲衣さんはわかっていて言ったらしい。黙って玲衣さんのパジャマのボタンを留めるべ

きだったのか。

俺はごくりと息を呑《の》んで、玲衣さんの胸元に手を寄せる。暗い上に、玲衣さんの胸元を直視しないようにしているから、手元が定まらない。

「ひゃっ！　晴人くんの手が……」

「ごめん！」

俺の手が玲衣さんの胸に当たってしまったみたいだ。俺が手を引っ込《こ》めようとすると、玲衣さんが俺の手をつかむ。

「い、いいよ……。わたしがお願いしたことだもの」

「でも……」

「それより、ボタン、留めてほしいな」

ねだるように、玲衣さんが甘《あま》い声で言う。

俺は緊張しながらもう一度、玲衣さんのパジャマのボタンと薄い布地に手をかけた。シャツの上からでもわかる胸の膨らみをどうしても意識させられる。

とはいえ、玲衣さんの第二ボタンをパチリとはめることができた。

玲衣さんはなにかに耐《た》えるように、ぎゅっと目をつむっていた。

「玲衣さん？　大丈夫？」

「こ、これ……思ったより……恥ずかしい！」

「玲衣さんが言い出したことなのに。やめておく？」

まだ第一ボタンが残っているけれど、第二ボタンさえ留めれば、それで十分とも言える。

これで玲衣さんの胸元はだいぶ隠《かく》されているし……。

でも、玲衣さんは目を開いて、駄々《だだ》をこねるように首を横に振った。

「やだ。最後まで晴人くんにしてもらうの」

「そ、そっか」

俺はなんとか玲衣さんのパジャマの第一ボタンまで留め終わる。安心すると、どっと疲れがやってきた。

俺はなんでこんな緊張を強《し》いられていたんだろう……？　玲衣さんは照れたように俺を見つめる。

「ありがとう。晴人くんに甘やかしてもらっちゃった」

「お礼を言われるようなことはしていないよ」

「ねえ、晴人くん。やっぱり、わたし、晴人くんになら……」

玲衣さんはためらいながら、何かを言いかけた。

ちょうど同じタイミングで「ううん」といううめき声が隣の布団からした。

「晴人君……可愛い」

雨音姉さんの声だった。どきりとして俺と玲衣さんは目を合わせる。もしかして、俺と玲衣さんの会話で、雨音姉さんを起こしてしまったんだろうか……。俺は慌てて雨音姉さんの方を振り向いた。

けれど、寝言だったのか、雨音姉さんは寝返りを打つと、そのままやすやすと寝息《ねいき》を立てていた。大丈夫みたいだ。

俺はほっとして、ふたたび玲衣さんの方を向く。

「えっと……玲衣さん。何か言いかけなかった？」

「へ？　ううん。や、やっぱり、いいの！　忘れて」

玲衣さんは頬を紅潮させて、早口で言う。何だったんだろう？

「わ、わたしは、本当に晴人くんと一緒《いっしょ》に寝たかっただけだから。……晴人くんにとって雨音さんは家族なのかもしれないけど。わたしも、晴人くんの家族になりたいの」

「ここは玲衣さんの家だし……玲衣さんはもう俺の家族だよ」

俺は小さな声で言った。

小声なのは恥ずかしかったからだけど、嘘を言ったつもりはなかった。

玲衣さんが大きく青い目を見開き、そして嬉《うれ》しそうに微笑《ほほえ》んだ。

「ありがと」

「だから、遠見の家の問題も解決しよう」

玲衣さんはこくりと小さくうなずいた。

残された問題は、玲衣さんとその実家の遠見家との関係だった。

玲衣さんの異母妹の遠見琴音《ことね》をはじめ、遠見本家の人たちは玲衣さんのことを憎《にく》んでいる。

だから、俺の家にいる玲衣さんを狙《ねら》おうとするだろう。

そうである限り、玲衣さんは安心してこの家を居場所だと思うことができない。

夏帆が抱《かか》えていた問題は解決した。

次は玲衣さんの番だ。

俺が玲衣さんの手をそっと握ると、玲衣さんはぎゅっと力をこめて俺の手を握り返した。

俺と玲衣さんはそのまましばらく布団のなかで互いの手の温かさを確かめあった。

少し前まで目が冴えていたけれど、玲衣さんと手をつないでいると、自然に落ち着いてきて、睡魔《すいま》に襲《おそ》われる。

けど、このままじゃいけない。

玲衣さんには元の部屋の布団に戻《もど》ってもらわないと、翌朝が怖い。

夏帆たちになんて言われるか……。玲衣さんが微笑む。

「大丈夫。わたしが早めに起きて、布団に戻っているから。おやすみ、晴人くん」

それならいいのだけれど。でも、玲衣さんは意外と抜《ぬ》けているし、ちゃんと起きられるんだろうか……？

俺は口を開き、でも、言おうとした言葉のすべては声にならなかった。

強烈《きょうれつ》な眠気《ねむけ》が押し寄せてきて、俺の意識を奪《うば》ったのだ。

どうにか「おやすみ。玲衣さんは……」と途中《とちゅう》までつぶやいて、俺の言葉は途切《とぎ》れた。

くすっと玲衣さんは笑うと「おやすみ、晴人くん」とささやいた。

☆

晴人くんの寝顔を眺めながら、わたしは幸せに浸《ひた》っていた。晴人くんはすやすやと寝息を立てて眠っていて、そのあどけない表情が可愛いなあ、と思う。起きているときは、晴人くんはとても大人びていて頼《たよ》りになるけれど、こうして眠っていると十六歳の男の子なんだな、とも思う。

わたしはぺたぺたと晴人くんの頬《ほお》を触《さわ》ってみる。男の子なのに、柔《やわ》らかくてすべすべだ

……。もっと触っていたいなと思うけれども、起きてしまったら困るから我慢《がまん》する。

その代わり、わたしはつぶやいた。

「ね、晴人くん。わたし、嘘をついたの」

嘘、というより、言い出せなかったことがある。本当はパジャマのボタンを開けてきたのは、うっかりなんかじゃなくて、わざとだ。もちろん、一緒に眠ろうとしただけじゃなくて……晴人くんにになら、襲われてもいいとも思っていた。恥ずかしいから言い出せなくて、なんでもないフリをしたけれど、「夜這い」と言われても否定できない。

わたしは性格が悪くて、ずるい女の子だ。晴人くんを誘惑《ゆうわく》するために、佐々木さんに負けないために、そんな格好をしていったんだ。大胆《だいたん》すぎるかなとも思ったし、恥ずかしかったけれど。

でも、効果は抜群《ばつぐん》だった。晴人くんの目はわたしの胸に釘付《くぎづ》けだったし、もしわたしが勇気を出してもうひと押ししていれば、今頃《いまごろ》……。

わたしは想像して、頬が熱くなるのを感じた。やっぱり、わたしは悪い子だ。でも、結局、ただ眠りに来ただけって言っちゃったんだけど……。でも、晴人くんだって、こんなにすぐ寝てしまわなくていいのに。もっとわたしにドキドキしてくれてもいいのに。一方で、わたしのことを信頼《しんらい》してくれているから、こんなに安心して眠っているのかな、と思

うとそれはそれで嬉しくて……。

「もうちょっとぐらい、いたずらしてもいいよね？」

わたしは緊張《きんちょう》しながら、晴人くんの身体に触《ふ》れてみる。その胸板《むないた》をそっと撫《な》でると、意外と硬くて、どきりとする。やっぱり、男の子だな、と改めて思う。なんとなく、他校の男子生徒に襲われていたわたしを、晴人くんが助けてくれたことを思い出す。あのときの晴人くん、カッコよかったな……。

もう少し、恋人っぽいことをしてみてもいいかも。わたしは晴人くんの身体を眺め、その形の良い耳をちらりと見る。

わたしはその耳たぶを甘噛《あまが》みしてみた。さっきと違《ちが》って、柔らかい……。晴人くんが起きたらどうしよう？という緊張感と、勝手に晴人くんの身体に触れる背徳感から、わたしは心臓の鼓動《こどう》が速くなるのを感じた。

わたしは晴人くんの唇《くちびる》を見つめる。今なら、晴人くんにキスし放題（？）だ。結局、あの雨の中でのキス以来、晴人くんとキスできていないし！

「いいよね？　晴人くんなら……許してくれるよね？」

わたしは眠ったままの晴人くんにキスしようと思って、顔を近づけた。もしわたしが眠っているとき、晴人くんがキスしてくれたら、嬉しいな、と思う。

そこまで考えて、晴人くんはきっとそんなことをしないことに気づいてしまった。わたしの意思を無視して、晴人くんはわたしの唇を奪ったりしない。わたしは晴人くんの本当の恋人にはまだなれていないのだから、なおさらそうだと思う。

それに、晴人くんが起きているときにキスして、ドキドキさせてこそ意味があるとも思う。佐々木さんに対抗《たいこう》するためだけじゃなくて、単純に晴人くんの反応も見たいし……。

わたしは結局我慢して、晴人くんの髪《かみ》をそっと撫でて満足することにした。さらさらとしたさわり心地《ごこち》のよい髪でずっと触っていたくなる。

「いつか、わたしだけが晴人くんとキスできるような関係になるんだから」

わたしは決意をこめて、そうつぶやいた。自分の心を口にすると気持ちは穏《おだ》やかになり、晴人くんの身体に触れて安心するうちに、眠気が襲ってくる。

アラームをかけて、朝早くに自分の布団に戻らないと……。けど、わたしはそのまま眠りに落ちてしまった。

☆

誰《だれ》かが俺を見下ろしている。

玲衣さん、ではなさそうだ。

しかも一人じゃなくて二人。

「はーるーとー！」

とても不満そうな、でも綺麗《きれい》なトーンの声に俺は叩《たた》き起こされた。

見上げると夏帆が頬を膨らませて俺を睨《にら》んでいる。

その隣《となり》で雨音姉さんがちょっと面白がるようにこちらを眺めていた。

慌てて起き上がろうとするが、起き上がれない。

玲衣さんが俺の胸に頬をうずめていて、しっかりと俺の身体を抱きしめていたからだ。

「晴人くん……」

玲衣さんは幸せそうな顔で寝言をつぶやき、それから柔らかい頬を俺にすりすりとこすりつけた。

玲衣さんはこの状況《じょうきょう》でもぜんぜん起きない。みんなが起きる前に自分の寝床に戻るはずだったのに、やっぱり起きれなかったんだ……。

その様子を見て、ますます夏帆が不機嫌《ふきげん》そうな顔をする。

「嘘つき！　協定違反《いはん》！　それに抜け駆《が》け禁止！」

夏帆の声でようやく目を覚ましたのか、寝ぼけ眼《まなこ》をこすりながら、玲衣さんがぼうっとした顔で周りを見回した。

そして、抱きしめている俺と、俺たちを見ている二人の姿を見て、かあぁっと顔を赤くした。

「ご、ごめんなさい」

「ま、まさか……したの？」

「な、なにもしてない！」

玲衣さんはますます頰を紅潮させ、「ね？」と俺に同意を求めた。

俺もこくこくとうなずく。

だいたい俺はぐっすり寝てしまっていた。

玲衣さんもきっと同じで、俺が寝ている間になにかしたりなんてしていないと思う。

そう思って玲衣さんに尋ねると、玲衣さんは自信たっぷりにうんうんとうなずいた。

「晴人くんが寝ているときに、髪を触ったりとか、耳たぶを甘噛みしてみたりとか、胸板を撫でてみたりとか、ぜんぜんしていないから！」

「絶対してたでしょ⁉」

夏帆が玲衣さんに詰《つ》め寄ると、玲衣さんはううっとつぶやいて、しぶしぶ認めた。

夏帆は天井《てんじょう》を仰《あお》ぎ見て、それから、俺に視線を戻すと、びしっと指を突《つ》きつけた。

俺が目を白黒させていると、夏帆はつんつんと俺の額を指でつついた。

その仕草は可愛らしかったけれど、火に油を注ぐだけだと思ったので、俺は可愛いなんて言わなかった。

「一緒の部屋で寝るのは雨音さんだけって約束だったのに」

俺と玲衣さんは肩《かた》を並べて、身を縮め、「ごめんなさい」と小声で言った。

夏帆はしばらく考《かんが》え込み、ぽんと手を打った。

「水琴さんの約束違反を怒ったりはしないけど、その代わり、今日の夜はあたしが晴人と一緒の布団で寝るんだから！」

「え？」

「いいよね？　そうしないと不公平だもん。雨音さんもそれでいい？」

「私はかまわないけどね」

雨音姉さんは楽しそうに目を輝《かがや》かせていた。

ダメだ。

完全に面白がってる。

「決まりだから」

言い切ると、夏帆はくすっと笑った。

「覚悟《かくご》しておいてね、晴人」

何の覚悟をすればいいんだろう？

俺が問い返す前に、夏帆は洗面所へと消えていった。

残された俺は玲衣さんと顔を見合わせた。

玲衣さんは「佐々木さんを怒らせちゃったね」とくすくす笑った。

「晴人くんと佐々木さんが一緒に寝るのは不安だけど……」

「安心して。私がしっかり見張っておいてあげるから」

雨音姉さんが口をはさむ。

「実は昨日の夜も、私、起きていたの」

「えっ、それって……」

「晴人君と玲衣さんがいちゃいちゃするのも全部見てたってわけ。水琴さんもけっこう、甘えたがりなのね」

玲衣さんは恥ずかしさと衝撃《しょうげき》で混乱したのか、青い瞳《ひとみ》をくるくると回していた。

俺も自分の顔が赤くなるのを感じた。胸のボタンを留めていたときの会話を、従姉に聞かれていたとなるとかなり恥ずかしい。

二人きりじゃないというのも、なかなか不便だ。

今も玲衣さんに言わないといけないことがあるのだけれど、しばらく二人きりにもなれなそうなので、俺は雨音姉さんのいる前で仕方なく切り出した。

「玲衣さん、こないだの約束を覚えてる？」

「こないだの約束？」

「水族館に行こうって話」

玲衣さんは「あっ」とつぶやくと綺麗に微笑んだ。

俺たちは偽装《ぎそう》カップルとして水族館でデートするはずだった。

こないだ学校帰りに行こうとしたときは、玲衣さんの妹の遠見琴音が現れたせいで行けなくなったけれど。今日は、俺たちの住む葉月市の市民の日なので、学校が休みだった。

だから、ちょうどいい機会だ。

「彼氏彼女のフリをする必要はなくなったけれど、必ず行こうって約束したから。今日、行かない？」

玲衣さんは青い瞳を輝かせ、そして俺を上目遣《うわめづか》いに見た。

「ありがと。晴人くんからデートに誘《さそ》ってくれるなんて嬉しい！」

☆

アパートの玄関《げんかん》から外に出てみると、冬空は雲ひとつなく晴《は》れ渡っていた。

「いい天気」

玲衣さんは嬉しそうにつぶやいて、大きく伸《の》びをした。

外出用の私服に着替《きが》えた玲衣さんは、上半身は白いタートルネックのセーターで、それにプリーツスカートを合わせている。

俺の視線に気づいたのか、玲衣さんは頬を紅潮させた。

「は、晴人くん……いま、わたしの胸をエッチな目で見てたよね？」

「見てないよ」

「ホントに？」

玲衣さんは少したためらってから、もう一度わざとらしく伸びをしてみせた。

思わず俺は赤面する。

タートルネックを着ていると、どうしても玲衣さんの胸の柔らかな膨らみが目立ってしまう。

後ろ手を組んで背をそらすと、なおさら身体のラインが強調されるのだ。

「嘘つき」

玲衣さんは軽《かろ》やかに言い、青い瞳をいたずらっぽく輝かせた。

そして、手をおろすと、そっと俺に近寄り、俺の耳に口を近づけてささやく。

「恥ずかしがって嘘をついたりしなくてもいいのに」

「えっと、玲衣さんが、変な目で見られるのは嫌《いや》かなって思って……」

「ううん。他の人なら嫌かもしれないけど、晴人くんならぜんぜん平気。ちょっと恥ずかしいけど……」

「ほら。やっぱり玲衣さんだって恥ずかしいんだよね」

「でも、晴人くんがわたしのことを女の子として意識してくれているんだって思えて、嬉しいの。だから、はっきりわたしの胸を見てたって言ってくれていいんだよ?」

上目遣いに玲衣さんが俺を見つめる。

そんなふうに純粋《じゅんすい》な目で見られると、嘘をつくのにも罪悪感を覚えてしまう。

結局、俺は正直に「すみません。見ていました」と白状した。

玲衣さんは「そっか」とつぶやき、綺麗に微笑んだ。

「なら、今度出かける時はもっと大胆な格好をしてあげる」

「いや、今日みたいな感じでいいよ。他の男に玲衣さんの大胆な格好を見られるのは嫌だ

し……それに、もう十分可愛いから」

「か、可愛い？　ほんと？」

「嘘のわけがないよ」

十人の人に尋ねれば十人とも、今の玲衣さんのことを素晴《すば》らしい美少女だというだろう。

もともと玲衣さんは学校でも女神《めがみ》と呼ばれるぐらい有名な美人だ。

しかも今日はすごく気合を入れて服を選び、外見に気を遣っているみたいだった。

「だって、晴人くんがデートに誘ってくれたんだもの」

恥ずかしそうに玲衣さんは頬を染めて言った。

玲衣さんは俺なんかとのデートをこんなに喜んでくれて、こんなに大事にしてくれている。

なら、俺もその期待に応《こた》えないといけない。

「じゃあ、行こうか」

「うん」

玲衣さんは勢いよくうなずき、そして、俺の耳元で「大胆な格好は晴人くんと二人きりのときにしてあげるね？」なんてささやく。俺はたぶん赤面していて、玲衣さんも恥ずかしそうにしながら、くすくす笑っていた。

ともかく、今度こそ、目的の水族館に行けるはずだ。

夏帆は「水琴さんだけずるい」と悔《くや》しそうにしていたけれど、前からの約束だったということで最終的には納得《なっとく》してくれた。

雨音姉さんは「頑張《がんば》ってね」とにやにやしながら言い、むしろ俺たちを積極的に出かけさせようとしていた。

俺がアパートの階段を下りようとすると、玲衣さんが俺を引き止めた。

「待って」

「どうしたの？　玲衣さん？」

「その……手をつないでほしいの」

「今から」

「ダメ？」

「ダメじゃないけど、水族館につくまではだいぶあるけど……」

「我慢できないもの。だから、ずっと手をつないでいたいの」

そう言うと、玲衣さんが甘えるように俺の手をとり、その白い指を絡《から》めた。

玲衣さんのぬくもりが直接、手に伝わってくる。

このまま駅まで行って電車に乗るんだろうか？

ちょっと恥ずかしいけど、でも玲衣さんがそれで満足してくれるなら、全然問題ない。

それに、俺《おれ》にとっても、こうして玲衣さんに甘えてもらえるのは嬉しいことだった。

俺がうなずくと、玲衣さんもこくりとうなずいた。

そして、俺たちは階段を下りていく。

これから俺たちは隣町《となりまち》まで二人で出かけるのだ。

「本当に楽しみ」

玲衣さんが弾《はず》んだ声で言う。

俺も同じ気持ちだった。

一階に下りると、人影があった。

下の階の住人かなと思って、俺は気にせず通り過ぎようとする。

けれど、よく見ると、そこにいたのは、コートを羽織った少女だった。

コートの下には緑色のブレザーを着ている。

その制服は、川向こうにある女子中学の制服だ。

俺も玲衣さんも足を止め、固まった。

黒い綺麗な髪を払《はら》い、少女は俺たちを見つめた。

「仲が良さそうですね。あれほど忠告したのに、姉さんはこの人にまだ未練があるのです

か？」

少女は、玲衣さんに似た端整《たんせい》な顔に、不思議な雰囲気《ふんいき》の微笑《びしょう》を浮《う》かべた。

それは、誰もが心を惹《ひ》かれるような素敵《すてき》な表情だった。

けれど、その黒い大きな瞳には、かすかだけれど、俺たちに対する憎悪《ぞうお》が混じっている。

彼女《かのじょ》は玲衣さんの異母妹、遠見琴音だった。

遠見琴音さんは純日本風の美少女で、長くつややかな髪をお嬢様《じょうさま》っぽく綺麗に結んでいた。黒い瞳が不思議な明るさで輝いている。

玲衣さんが欧米《おうべい》系のハーフを母にもつクォーターなのに対し、遠見さんの母は隣町の古い名家出身だという。

遠見さんは緑色のブレザーのポケットに手をつっこんだまま、くすっと笑った。

「私、けっこう姉さんのことを脅《おど》したつもりだったんですけど。怖《こわ》くないんですか？」

玲衣さんはびくっと震《ふる》え、俺の服の袖《そで》をぎゅっと握った。

俺は玲衣さんをかばうように一歩前へと出た。

「遠見さんは何がしたいのかな」

「私、姉さんのことが嫌《きら》いなんですよ。わかってるでしょう？」

「だから、玲衣さんを家から追い出して、東京の女子寮《じょしりょう》に行かせようとした？」

『玲衣さん』って、名前で呼ぶんですね。恋人《こいびと》みたい。私は、べつに姉さんが家にいようが東京にいようが、どうでもいいんです」

「なら、なんで……」

「ただ、姉さんが幸せそうにしているのは許せないんです。あのとき、不良のおもちゃにされて壊《こわ》されてしまえばよかったのに」

「あのとき？」

「秋原先輩《あきはらせんぱい》が姉さんを助けたんでしょう？」

玲衣さんがうちに来て間もない頃《ころ》、そういうことがあった。

下校途中の玲衣さんを他校の男子生徒たちが廃墟《はいきょ》に連れ込んで暴力をふるおうとしたのだ。

たまたま俺が通りかかって助けることができなければ、どうなっていたか、想像もしたくない。

「あれ、私が仕向けたんですよ」

俺は声も出さず、遠見さんを見つめた。

この中学生の少女が、姉である玲衣さんを男たちに襲わせようとしたのだという。

衝撃のあまり、俺はなんと言って彼女を非難すればよいか思いつかなかった。

遠見さんは愉《たの》しそうに笑う。

「今度は先輩も一緒に壊れてもらいましょうか。きっと姉さんは自分が傷つくよりも、この人が痛めつけられるほうが嫌でしょう？　ああ、ついでに先輩の目の前で、姉さんにも泣き叫けぶような辱《はずかし》めを受けてもらえば、もっといいですね」

このあいだ、玲衣さんが遠見さんと会った直後に東京の女子寮へ行くと言い出した理由がわかった。

こういう直接的な脅迫《きょうはく》を受けていたのだ。

俺は落ち着きを取り戻すと、なるべく淡々《たんたん》とした口調を作って言った。

「遠見さんのやろうとしていることは犯罪だ」

「だから？　だからなんだっていうんですか？　遠見家がこの町でどれだけの力を持っているか、先輩は知らないんですよ。市長も警察署長も遠見グループ出身の人間なんですよ？　証拠《しょうこ》が残らないようにやれば、深くは追及《ついきゅう》されません。それに、直接的な暴力だけでなくても、いろいろとあなたたちを追い詰める手段はあるんですよ」

「そういう問題じゃない。自分の姉を傷つけることを、なんとも思わないの？」

「姉さんと姉さんの母親のせいで、私のお父さんは死んで、私のお母さんはおかしくなっちゃいました。だから、私のやろうとしていることは正当な復讐《ふくしゅう》なんです」

「そんなのはおかしいよ」

「だったら、私のお父さんとお母さんを返してくださいよ！」

遠見さんははじめて声を荒《あら》らげた。

いつもの笑《え》みを消し、鋭《するど》く俺を睨んでいる。

「先輩は、幼馴染《おさななじみ》の佐々木さんを選んで、姉さんを捨ててくれればいいんです」

「夏帆のことを知っているの？」

「私は先輩と違って、何でも知っているんです。佐々木さんと先輩に血縁疑惑《けつえんぎわく》があったけど、それがなくなって二人は両思いでも何の問題もないことだって知ってます」

「誰から聞いたの？」

「そんなこと、どうでもいいじゃないですか。それより、先輩はこの家から姉さんを追い出すって言ってください。そうすれば、私は先輩には何も手出しをしません」

「断る」

俺はためらわずに言った。

このタイミングで、玲衣さんを追い出すなんてありえない。

玲衣さんはもう俺の家の住人で、俺の家族だとも言ったのだから。

遠見さんは目を細め、すうっと虚《うつ》ろな冷たさで俺を見つめた。

俺は玲衣さんを振《ふ》り返る。

玲衣さんは青い瞳に涙《なみだ》を浮かべ、俺を見上げた。

「玲衣さんはどうしたい？」

「わたしは……晴人くんと一緒にいたい。でも、わたしが、一緒にいたら、晴人くんに迷《めい》惑《わく》を……」

俺は玲衣さんの言葉をさえぎった。

「それは言わない約束だよ。玲衣さんがしたいようにすればいい」

「わたしがしたいように」

玲衣さんは小さくつぶやき、俺と遠見さんを見比べた。

やがて、その青い瞳には決然たる強い意志の光が宿った。

「わたしは……琴音の脅しなんか全然怖くない。だって、晴人くんがわたしのことを守ってくれるんだもの！」

俺がうなずくと、玲衣さんは俺の頬に軽くキスをした。

柔らかい唇の感触《かんしょく》が心地《ここち》よかった。

遠見さんは不愉快《ふゆかい》そうに俺たちを睨むと、さっと身を翻《ひるがえ》した。

「本当に可哀想《かわいそう》な人たち。姉さんも、先輩の大事な人たちも、みんな後悔《こうかい》させてあげます

から」

捨て台詞《ぜりふ》を吐《は》くと、遠見さんはそのまま坂道を駆《か》け下り、姿を消した。

俺たちは顔を見合わせた。

玲衣さんが不安そうに俺を上目遣いに見たので、俺は微笑みを返した。

「大丈夫《だいじょうぶ》。遠見家の力があるといっても、さすがに警察沙汰《ざた》になるようなことをもみ消したりはできないよ」

「だといいけど……」

「俺が玲衣さんを守るから」

「……ね、晴人くん。なら、指切りをして」

「指切り……？」

「わたしを遠見家からずっと守ってくれるって約束してほしいの」

頬を赤く染めて、玲衣さんが俺を期待するように見つめている。

俺はそっと玲衣さんの右手をとる。そして、俺はその小さくて白い、可愛《かわい》らしい小指に、自分の指を絡ませた。

玲衣さんがかあっと顔を赤くする。

「晴人くんの指、大きいね……」

「そ、そう？」

「うん……。ゆびきりげんまん、嘘《うそ》ついたら針千本飲ますんだからね？」

「は、針千本は怖いな」

「そういうおまじないでしょう？　本当に飲ませたりしないもの」

「まあ、そうだけどさ。わかっていても、物騒《ぶっそう》なおまじないだなって」

「それはそうかも。でもね、もし本当に針千本飲ませる約束でも大丈夫。晴人くんはきっと約束を守ってくれるもの」

　玲衣さんは、自分の小指を俺の指に絡ませたまま、えへへと笑う。そして、小さくつぶやいた。

「晴人くんがいれば、きっと大丈夫だよね」

第四話　女神様との水族館デート！　chapter.4

玲衣《れい》さんは俺の手をとり、俺を上目遣いに見つめた。

「ね、行こう？　晴人《はると》くん？」

もともと俺たちは隣町の水族館に行くために外出したんだった。

俺ももちろん行きたいのだけれど、遠見《とおみ》さんの脅迫が気になる。

大丈夫だろうか？

俺は余計な考えを振り払った。

さすがに遠見さんや遠見さんに命令された不良も、真っ昼間から知り合いの多いこの町の大通りや、大都会の隣町でなにかしようとは思わないだろう。

俺はうなずくと、玲衣さんの手を握《にぎ》り返した。

俺たちは駅まで行き、それからJRに乗って隣町へと移動した。

電車のなかで俺たちは隣同士《となりどうし》に座《すわ》った。

玲衣さんはちょっとためらった後、恥《は》ずかしそうに俺によりかかり、頬を俺の肩にちょ

こんと載《の》せた。

すり寄る玲衣さんと俺はきっと恋人同士に見えたはずで、俺もちょっと赤面した。

周囲の目が気になるけど、でも、それよりこうして玲衣さんと一緒にいられることが嬉しいという感情のほうが強い。

俺たちはJRの駅から市営地下鉄に乗り換《か》えて、それから水族館のある駅で降りた。ここは、自動車産業で有名な大都会にある港だった。

貿易港であると同時に、観光地でもあり、水族館以外にも遊園地らしきものとか、観覧車とか、博物館として浮かんでいる退役《たいえき》した南極観測船とか、いろいろなものがある。

俺たちが海にかけられた橋をわたると、遠くにタンカーが見えた。

山がちで古い住宅ばかりの俺たちの町と、この大都会の隣町では何もかもが全然違う。

「玲衣さんはさ、高校を卒業したら、町を出る？」

「わたし？　わたしは……きっとそうすると思う」

「そうだろうね」

実家から隣町の大学まで通うこともできなくはない。実際に雨音《あまね》姉さんはそうしていた。

けれど、玲衣さんは俺の家に下宿している身だし、遠見の町に住み続ける理由もないだろう。

玲衣さんは青い瞳でじっと俺を見た。

「でも、晴人くんはどうするの？」

「俺は……」

「晴人くんがあの家にいるなら、その……わたしも、一緒《いっしょ》にいたいなって」

恥ずかしそうに玲衣さんが頬を染める。

俺は頭をかいた。

そうストレートに言われると、俺も恥ずかしい。

「いちおううちの学校は進学校だからね。東京の大学へ行こうかなって」

「ふうん。なら、わたしもそうしようかな」

「玲衣さんは成績優秀《ゆうしゅう》だから、いろいろな選択肢《せんたくし》があると思うけど」

「まだ、何も考えてないの」

玲衣さんは困ったように笑った。俺もそれは同じだった。

まだ高校一年生だけど、もう高校一年生とも言える。

とりあえず低空飛行の成績はなんとかしないといけないけど。

「ね、わたしが勉強教えてあげよっか？」

「いいの!?　……いや、それは悪い気もするな」

「わたしね、やっぱり、晴人くんに借りを作りたくないの」

俺はびっくりして、玲衣さんをまじまじと見た。

出会った頃の玲衣さんは、俺に借りを作りたくないと言って、俺を拒絶《きょぜつ》した。

貸し借りなんて気にしなくていいと俺が言い、時間をかけて玲衣さんにも納得してもらったはずなのに。

また、そこに話が戻るんだろうか。

玲衣さんは慌《あわ》てて首を横に振った。

「違う。そういうことじゃないの。わたしね……晴人くんにいっぱい優《やさ》しくしてもらったから、同じだけ晴人くんにも何かしてあげたいなって思って」

「俺は玲衣さんに何もしてあげられてないよ」

「そんなことない……今だって、一緒にデートしてくれてるし」

「ええと……」

一緒に水族館へ行くことは約束だったし、俺も楽しみにしていた。

だから、恩に着られるようなことではまったくないはずだけど。

「ともかく！　わたしが勉強を教えてあげるから。高校受験のときは佐々木《ささき》さんに教えてもらってたんだよね？」

「うん、夏帆《かほ》のおかげで合格できたようなものだよ」

「なら、今度はわたしの番だから。覚悟しておいてね」

「……厳しそうで怖いなあ。でも、ありがとう」

そう俺が言うと、玲衣さんは人差し指を立てて、くすっと笑った。

「じゃあ、今度から玲衣先生って呼んでね」

「今から呼ぼうか」

「……やっぱりデート中は普通《ふつう》に玲衣って呼んでほしいな」

えへへと玲衣さんは笑った。

素直《すなお》な玲衣さんの笑顔《えがお》はとてもあどけなく見えた。

俺も笑顔を返し、そして、前を見た。

銀色の巨大《きょだい》なドーム状の建物が目の前にある。

この奇妙《きみょう》な建物が、地方でも最大規模を誇《ほこ》る港水族館だった。

水族館はそれなりに混んでいたけれど、並ばずに入ることができた。

最初の展示スペースにはいくつもの柱状の水槽《すいそう》が集まっていて、そこにクラゲが入り、ブラックライトで照らされていた。黒を基調とした暗い空間で、そのなかでブルーやピンクやイエローのライトに照らされたクラゲたちが光《ひか》り輝き、幻想的《げんそうてき》な雰囲気を作り出して

いる。

俺は思わずつぶやいた。

「小学校のときに遠足で来たはずなんだけど……」

「どうしたの？」

玲衣さんが不思議そうに俺に言う。

俺は微笑した。

「こんなにお洒落《しゃれ》なところというイメージはなかったな」

「最近、雰囲気をだいぶ変えたんだって。どう見てもデートスポットって感じだよね」

くすっと玲衣さんが笑った。たしかにそのとおりだ。

玲衣さんがここに来たいと言った理由がわかったような気がする。

そのとき、玲衣さんが俺の手に指を絡めて、甘《あま》えるように俺を上目遣いに見た。

「わたしたちもデートしてるんだよね」

「うん」

俺が微笑《ほほえ》むと、玲衣さんも嬉《うれ》しそうに頬《ほお》を緩《ゆる》めた。

☆

クラゲをたっぷり見た後、俺たちは水族館の別のフロアへ進んだ。

玲衣さんは三万五千匹《びき》のイワシを見たいと言っていたけれど、たしかに綺麗だった。マグロのような大きな魚に交じって、大量のイワシたちが群れで泳ぐ様子は銀色のカーテンという比喩《ひゆ》がぴったりくる。

玲衣さんが「綺麗」と弾んだ声で嬉しそうにつぶやいていた。

それ以外にもアシカだとか、深海魚だとかを見て回った後、しばらく歩くと人がたくさん集まっている場所があった。

俺と玲衣さんは顔を見合わせ、ひょいっと人の肩越《かたご》しにどんな生き物がいるのか覗《のぞ》いた。

そこにいたのは、ペンギンだった。

親と一緒に来ている子どもたちが「可愛い！」と言って、指を指している。

割と小柄《こがら》なペンギンで白い腹部には、黒い帯のような模様が一本入っている。

玲衣さんがつぶやく。

「あれはフンボルトペンギン」

「詳《くわ》しいね」

「そう？　普通だと思うけど」

玲衣さんは肩をすくめた。

俺はあまり動物には関心がなくて、ペンギンの種類なんてぜんぜんわからない。

でも、玲衣さんは単なるデートスポット以上に、水族館そのものが好きなようだった。

玲衣さんが関心があるなら、俺も魚やペンギンのことを知ろうとしても良いかもしれない。

と思っていると、ガラスの向こうのペンギンの一羽が陸に上がり、別のペンギンの上に乗っかった。

玲衣さんが目を細めて、柔《やわ》らかく微笑んだ。

「知ってる？　ペンギンは一夫一婦制の生活を送るの。一度つがいになったら、ずっと一緒にいるんだって」

「人間と同じなんだ……」

「そ、そういうのって、いいと思わない？」

玲衣さんが赤く頬を染めて言う。玲衣さんの言いたいことがわかり、俺も頬が熱くなるのを感じた。

「ね……晴人くんもわたしと一緒にいたいと思ってくれる？」

「もちろん」

俺がうなずくと、玲衣さんは「良かった」と微笑んでくれた。

俺はガラスの向こうのペンギンを見た。二羽のペンギンが互《たが》いに身を寄せ合っている。

もう一度、玲衣さんに目を戻《もど》すと、「ね？」と玲衣さんはくすっと笑う。

俺がうなずくと、玲衣さんは嬉しそうに頬を緩め、俺の手を握った。

俺たちは一通り水族館を見終わった後、建物の外に出た。あたりはちょっとした広場になっている。晴れた空には雲ひとつなく、目の前には港と海が広がっていた。

気持ちよさそうに玲衣さんが伸びをして、俺は目をそらした。

ついつい玲衣さんの胸に目が行ってしまう。

玲衣さんもそれに気づいたのか、「て、照れなくてもいいのに」なんて、目を泳がせて、小声で言う。玲衣さんだって照れていると思うけれど。

玲衣さんはぽんと手を打った。いいことを思いついた、と言いたげに微笑む。

「写真、撮《と》らない？　水族館を背景にして二人の写真を撮るの」

「そっか。そうだよね」

「この先もずっと思い出にできるもの」

玲衣さんははにかんだような笑みを浮かべる。記念写真を撮るのを忘れていたけれど、デートならそういうこともあるだろう。失念していたのは俺のミスだ。

ただ、二人で写真に写るためには、誰《だれ》か別の人に撮ってもらう必要がある。

俺はきょろきょろとあたりを見て、たまたま近くを通りかかった一人の女の子に声をかけた。

俺たちと同じぐらいの年齢《ねんれい》か少し年下だろうか。三つ編みのおとなしそうな子で、シンプルだけれどおしゃれな服を着ている。たぶん俺たちと同じで、学校は休みなのだろう。

ともかく、玲衣さんが写真撮影《さつえい》を頼《たの》むと、その子は快く引き受けてくれた。

「お兄さんとお姉さん、カップルなんですよね？」

女の子は携帯を手に持ちながら、目をきらきらと輝かせていた。大人しそうに見えて、意外と好奇《こうき》心旺盛《しんおうせい》なのかもしれない。

俺と玲衣さんは顔を見合わせた。厳密には、こないだまで恋人のフリをしていたけれど、彼氏《かれし》彼女《かのじょ》というわけではない。それは俺が決断できていないせいなのだけど……。

「えっと、その……彼氏彼女ではない……けど……」

玲衣さんが恥ずかしそうに、ちらちらと俺を見ながら言う。女の子は首をかしげる。

「なら、友達以上恋人未満な関係ですか？」

まさか「一緒の家に住んでいる」なんて言えなかった。でも、俺たちの沈黙《ちんもく》は女の子の想像をかき立てたようだった。

「でも……お兄さんもお姉さんも美男美女なんですから、早く告白しないと他の人にとられちゃいますよ？」

「れ、玲衣さんはたしかにすごい美人だと思いますけど……」

「お兄さんだってかっこいいですよ。わたしはいいなぁって思いますけど。あっ、あと、たぶんわたしが年下だから、敬語はいりませんよ？　年下としてフレンドリーに接してください」

女の子は俺を上目遣いに見て言う。まあ、からかわれているんだろうな。俺が苦笑《くしょう》していると、玲衣さんが俺の服の袖を引っ張った。

「は、晴人くんをとっていっちゃダメなんだから！」

「あっ、ヤキモチですか！　いいなあ、わたしも彼氏《かれし》ほしいなあ」

女の子はそんなこと言いながら、くすくすと笑っている。中学生ぐらいの女の子が、年上の高校生の恋愛《れんあい》に興味を持つのは、まあ微笑ましいといえば微笑ましい。

「水族館が背景に入るように撮ってもらってもいい？」

「はい。よろこんで撮らせていただきます」

俺と玲衣さんは隣《となり》に並んで立った。背後には水族館。シャッター音が鳴る。

これで普通に写真が撮れたはずだ。ところが女の子は画面をしげしげと眺《なが》め、首を横に

振る。

「これでは、ただの学校の遠足の記念写真です。もっとデートっぽい感じの写真を撮る必要があるはずです」

「えっ？」

「もっと恋人っぽいポーズで、腕《うで》を組んで撮らなきゃ、ダメだと思うんです……！　お姉さんだって、本当はそうしたいって思っているでしょう？」

女の子が玲衣さんに聞くと、玲衣さんは顔を赤らめて「そ、それは……」と口ごもる。

その子は玲衣さんの耳に口を近づけ、何かをささやく。玲衣さんはこくこくとなずいて、それから、俺に向き直った。

そして、玲衣さんは突然《とつぜん》、強引《ごういん》に俺とぴったりくっついた。

「れ、玲衣さん？」

「だ、ダメ？」

「ダメじゃないけど、どうしたの？」

「こうしたほうが恋人っぽい……って言われて」

女の子にそそのかされたらしい。玲衣さんは恥ずかしそうだったけど、ちょっと嬉しそうでもあった。

「さあ、お兄さんも彼女さんの肩《かた》を抱《だ》いてあげてください！」

「で、でも……」

「そうすれば、お姉さんが喜びますよ？」

俺が玲衣さんをちらりと見ると、玲衣さんはこくこくとうなずいた。そっか。玲衣さんも写真を撮るなら、デートっぽい感じで撮りたいと思っているわけで……それなら、俺もこの女の子の指示に従うべきだ。

俺は覚悟《かくご》を決めて、玲衣さんの肩を抱いた。すると、玲衣さんが俺にその体重を預けるように、さらに身を寄せる。

玲衣さんが俺に抱きつく形になっていて、玲衣さんの身体の温かさを俺は感じた。

俺は恥ずかしくなった。玲衣さんも羞恥心《しゅうちしん》で目をぐるぐると回している。他人に自分たちが恋人であると示すのは、なかなか照れくさい。

「いい感じですよ！　理想の彼氏彼女って感じです」

女の子が楽しそうに言い、シャッターをパシャパシャと何度も切る。

そして、ともかく俺たちは写真を撮り終わった。女の子が「どうぞ」と言って、携帯を俺たちに返す。

そこには……俺と、俺に甘えるような美少女が写っていた。ふたりとも顔は真っ赤。だ

けど、互いに身を寄せる俺と玲衣さんは、どう見ても恋人同士だ。

玲衣さんがぱっと顔を輝《かがや》かせる。

「わあ、ありがとう！　すごくきれいに写ってる！」

「ね？　そうでしょう！」

女の子も得意げにえへんと胸を張る。玲衣さんもうんうんとうなずいていた。

「嬉しい。本当に、わたしが晴人くんの彼女みたいに見える……！」

玲衣さんは弾んだ声で言ってから、はっとした顔で口を押《お》さえた。俺が隣にいることを思い出したらしい。玲衣さんが「えっと、その……」と口ごもる。きっと羞恥心で動揺《どうよう》しているのだと思う。

写真を撮ってくれた子は、微笑ましいものを見るような目でそんな俺たちを見ていた。

「俺からもお礼を言うよ。まあ、ちょっと恥ずかしかったけどね……」

「お兄さんが奥手《おくて》だから、助けてあげたんだから感謝してください。写真は、きっと一生の思い出になりますよ。……また会いましょう、秋原《あきはら》晴人さん」

「え？」

女の子は去り際に、小さな声で、たしかに俺の名前を呼んだ。会ったことがあるだろうか？　記憶《きおく》にない。

俺は女の子を追いかけようとしたが、玲衣さんに呼び止められる。

「焦《あせ》った顔をして、どうしたの？」

「いや、今の女の子が……」

玲衣さんのほうを一瞬《いっしゅん》振《ふ》り向いてから、もう一度、女の子がいた場所を見ると、もうそこには誰もいなかった。いったい誰だったんだろう？　俺は首を横に振った。深く考えても仕方がない。

今考えるべきことは一つ。玲衣さんとのデートのことだけだ。

「これでやっと水族館に来られたね。素敵な記念写真も撮れたし」

玲衣さんが俺にささやく。

「約束を守れてよかったよ」

今回は遠見さんの妨害《ぼうがい》というアクシデントもなく、デートは平穏《へいおん》に進んでいた。さっきの女の子との遭遇《そうぐう》も、どちらかといえば、デートを盛り上げる効果があった……と思う。

さてと、次は……。

玲衣さんが目を輝かせて、あるものを指さした。

「晴人くん！　あれ乗ろう！」

それは港にそびえ立つ巨大な観覧車だった。たしかにここの観覧車は人気だし、デート

スポットとしても定番ではあるけれど……。

「ええと……」

俺が口ごもったので、玲衣さんが首をかしげた。

別に嫌《いや》というわけではないのだけれど、俺はどちらかといえば高いところが苦手だった。

やや高所恐怖症《きょうふしょう》なのだ。俺はそう言いかけて、考え直した。

せっかく玲衣さんが乗りたいと言っているのに、あまりそれを否定したくない。

俺は玲衣さんの望みどおりにしていいと言ったのだから。それに小さい頃と比べれば、少し怖いという程度で、顔には出さないでいられるはずだ。

俺は微笑んで、「いいよ」と言った。

玲衣さんが嬉しそうに笑う。

俺たちはチケットを買い、大して並ぶことなく観覧車に乗った。

「ぜんぜん待たずに乗れたね」

「うん」

俺と向かい合わせに座る玲衣さんはなんだかそわそわしていた。

玲衣さんは観覧車の床《ゆか》を見つめ、それから天井《てんじょう》を仰《あお》ぎ、そして俺に目を戻す。

俺たちの乗ったゴンドラはだんだんと高さを上げていき、港の全体が見えてくる。

眼下には輸出を待つ何千台もの自動車が所狭《ところせま》しと並び、その向こうの海にはタンカーがのんびりと走っている。

昼間だし綺麗《きれい》な夜景が見えるわけではないけれど、これはこれでなかなか壮観《そうかん》だ。

いつのまにか高所恐怖症も克服《こくふく》できていたのか、ほとんど怖さも感じない。

俺が「あそこに南極観測船が見えるよ」と言って、指さしたが、玲衣さんから返事がない。玲衣さんを見ると、顔を真っ青にしていて、青い瞳《ひとみ》は少し潤《うる》んでいた。

俺はびっくりしたけど、理由に思い当たった。

「もしかして、高いところが怖い？」

玲衣さんはこくこくとうなずいた。なら、どうして観覧車に乗ろうなんて言ったんだろう？

「だって……観覧車に二人きりで乗るって……すごく恋人っぽいと思うから」

玲衣さんは青い顔のまま、とぎれとぎれに言った。動機はわかったけれど、そんなに無理することないのに。

どうしたらいいだろう？

まだゴンドラはてっぺんまで到達《とうたつ》していなくて、まだまだ降りるまでは時間がかかる。

けれど、玲衣さんは苦しそうな呼吸を繰《く》り返し、冷《ひ》や汗《あせ》をかいている。

なんとかしてあげないといけない。俺《おれ》がそっと立ち上がるとゴンドラが軽く揺《ゆ》れ、玲衣さんがびくっと怯《おび》えたように震える。

いけない。玲衣さんを怖がらせてしまった。

俺は玲衣さんのすぐ隣に座り、ゆっくりと話しかける。

「大丈夫？」

「だ……大丈夫」

ぜんぜん大丈夫そうじゃない。玲衣さんは涙目で俺を見つめる。

俺は迷ってから、玲衣さんの震える手に自分の手を重ねた。

「あ……」

玲衣さんが小さく吐息《といき》を漏《も》らす。

少しだけ玲衣さんの震えが収まった。

「晴人くんの手……温かい」

「少しは落ち着いた？」

「うん。……あの、もっと落ち着く方法があるの」

「なに？」

「晴人くんが抱きしめてくれれば、もっと安心できると思う」

俺はそう言われて、何もためらわず、玲衣さんの肩に手を触《ふ》れた。

こんなことで玲衣さんを怖《こわ》がらせずに済むなら、お安い御用《ごよう》だ。

くすぐったそうにする玲衣さんに構わず、俺はそのまま玲衣さんを抱きしめた。

玲衣さんの柔らかい感触と温かさが俺にも伝わり、玲衣さんの震《ふる》えが止まった。

玲衣さんは甘えるような感じで、俺の胸に顔をうずめ、小さくつぶやいた。

「もう大丈夫だと思う」

「良かった」

「……綺麗」

「え？」

「海が綺麗だなって思って」

「外を見て平気なの？」

「遠くを見るだけなら、高いところにいるって感じがしないから」

そう言われればそうかもしれない。俺も高所恐怖症だったからわかるけど、恐怖《きょうふ》はすぐそばからやってきて、遠くにはないものなのだ。

玲衣さんがくすっと笑った。

「それに晴人くんがいれば、ぜんぜん怖くない気がするもの」

ゴンドラはだんだんと高度を上げていった。

頂上まではもう少しかかる。

「もう少しだけ、こうしていていい？」

玲衣さんは相変わらず俺にしがみついたまま、俺の耳元にささやきかける。

熱い吐息が耳にかかり、くすぐったい。ずっと玲衣さんの柔らかい身体を抱きしめて、その温もりを感じていると、変な気分になってくる。

玲衣さんもそれは同じなのか、頬は紅潮し、俺を見つめる瞳は潤んでいた。

「不思議だよね」

玲衣さんがつぶやく。

「晴人くんとわたしって、ちょっと前まで、教室ではぜんぜんしゃべったこともなかったのに、今は、その……」

玲衣さんは、自分の胸に目を落とした。

口ごもった理由は、想像がつく。

恥ずかしいんだと思う。

「今は、晴人くんと、こうして身体を寄せ合ってる」

「そうだね。でも、不思議ではあっても、違和感《いわかん》はないな。今となっては、こうしている

ほうが自然な気すらするよ」

「うん。わたしね、男の人って嫌《きら》いだった。わたしのお父さんとお母さんが不倫《ふりん》して、そのせいでいろんな人が不幸になって、だから男の人なんて、恋愛なんて、汚《けが》らわしいものだと思ってた。だけど……」

「いまは違う？」

「晴人くんに会ったら、そんな理屈《りくつ》なんてどうでも良くなってしまったの」

玲衣さんは赤い顔を隠《かく》すように、もういっぺん俺の胸に顔をうずめた。

そして、俺に問いかける。

「晴人くんは知ってる？　観覧車のジンクス」

「観覧車のジンクス？　なにそれ？」

「カップルが観覧車に乗って、ゴンドラが頂上に来たら……」

そこで玲衣さんは言葉を切った。

玲衣さんは少しだけ俺から離《はな》れて、迷うように、不安そうに、自分の胸を手で抱いた。

どうしたんだろう？

「続きは？　観覧車のジンクスって？」

「やっぱり教えない」

「どうして？」

「だって……」

「そうやって言われると、ますます気になるな」

「どうしても知りたい？」

「どうしても知りたい」

玲衣さんは「そっか」と短く言い、そして、急に顔を赤くすると、俺にふたたび顔を近づけた。

唇《くちびる》が触れ合うか触れ合わないかというぐらいの近距離《きんきょり》まで来て、俺は赤面した。

玲衣さんは俺の唇に人差し指を当て、「教えてあげる」と微笑んだ。

その微笑みはとても妖艶《ようえん》で、俺は心臓がどくんと跳《は》ねるような衝動《しょうどう》を感じた。思わず、玲衣さんの胸の膨《ふく》らみに視線が行く。

次の瞬間《しゅんかん》、するりと玲衣さんの人差し指は俺の前から消え、代わりに玲衣さんの柔らかく瑞々《みずみず》しい唇が、俺の唇に触れていた。

玲衣さんの人差し指はいつのまにか俺の胸の表面をそっと撫《な》でていた。しばらくして指は離れ、玲衣さんが俺に全体重を預けるようにしなだれかかってくる。

まるで玲衣さんの柔らかい胸も白い脚《あし》も、ぜんぶ俺のものだというように。

ここには俺たち以外の誰もいない。

いつのまにかゴンドラは頂上に来ていた。

でも、俺も玲衣さんも外の風景なんて全然見ていなかった。

やがて、俺と玲衣さんはキスを終えて……互いを熱っぽく見つめた。玲衣さんがえへへと笑う。

「観覧車のジンクスはね、観覧車に乗りながら一番てっぺんでキスをしたカップルはずっと一緒にいられるってものだったの」

「ああ……なるほど……」

だから、玲衣さんは強引に俺にキスをしたのか。

玲衣さんは顔を真っ赤にしながら、くすっと笑った。

「これでジンクスは達成できたよね」

「それって、玲衣さんは俺と……」

「ずっと一緒にいたいの。一緒にいたいだけじゃなくて……晴人くんになら何をされたって嬉しいの」

「ええと、その……」

「さ、触《さわ》ってみる？　さっきから見ていたし」

玲衣さんがつんつんと自分の胸を指差した。

タートルネックで強調された形の良い胸を見て、俺は狼狽《ろうばい》した。

俺の様子を見て、玲衣さんも顔を赤くしながら、嬉しそうに声を弾《はず》ませた。

「晴人くんって、本当に可愛《かわい》いよね」

「からかわないでほしいな……」

「でも、ずっと一緒にいたいっていうのは本当だから」

玲衣さんは笑いながら、でも、目は真剣《しんけん》に俺を見つめていた。

俺もうなずいた。そのためには遠見の家の問題を何とかする必要がある。

でも、今すべきなのは。

玲衣さんとのデートだ。

第五話　女神様が誘拐される？

chapter.5

俺たちは観覧車から降りて、次にどうするかを考える。引退した南極観測船の博物館もあるけれど、それを見ていくには時間が足りないかもしれない。

そんなことを考えていたら、玲衣《れい》さんがそわそわしていた。

どうしたんだろう？

「ね、晴人《はると》くん……あの、その……」

「どうしたの？」

「あ、あのね……お手洗いに行ってきてもいい？」

恥ずかしそうに玲衣さんがうつむきながら言う。

しまった。気が回らなかった。

俺は慌ててうなずいた。

玲衣さんは近くのビルのトイレへと向かった。

そして、玲衣さんがいなくなる。玲衣さんが戻ってきたら、一度、どこかで休憩《きゅうけい》を取っ

たほうが良さそうだ。

そんなことを考えた後、俺はミステリの文庫本を取り出して、玲衣さんが戻ってくるのを待った。

けれど、いつまで経《た》っても玲衣さんは戻ってこない。

どうしたんだろう？

電話をかけてみてもつながらない。

俺はだんだんと不安になってきた。

トイレのあいだぐらい大丈夫《だいじょうぶ》だろうというのは甘い考えだったのかもしれない。

玲衣さんの妹の遠見《とおみ》琴音《ことね》は、玲衣さんのことを狙《ねら》っている。

以前は不良を玲衣さんにけしかけようとさえした。

また、そういうことがあってもおかしくないのだ。

携帯《けいたい》が震える。

玲衣さんからだと思って急いで見ると、かけてきたのは夏帆《かほ》だった。

俺が出ると、夏帆は慌てた様子でまくしたてた。

「た、大変なの！　晴人！」

「どうしたの？」

「さっき遠見の屋敷《やしき》の人からうちに……晴人の家に電話がかかってきて……玲衣さんを遠見家に連れ戻すつもりだって」

俺は危《あや》うく電話を取り落しそうになった。

なんだっていまさらそんなことになるのだろう？

玲衣さんの荷物はとっくの昔に俺の家に送られてきているし、父さんが玲衣さんの保護者になるということで話がついているんじゃなかったのか。

遠見琴音さんの計画なのか、それとも遠見家の当主たちに玲衣さんを連れ戻す理由ができたのか。

ともかく早く玲衣さんと合流して事情を確認《かくにん》しないといけない。

けれど、一歩遅《おそ》かった。

反対側の道路に大きな黒い車が一台止まった。

そして、黒服の男たちが銀色の髪《かみ》の少女をその車に連れ込《こ》む。

「玲衣さん！」

俺の叫《さけ》び声を聞いて、玲衣さんがこちらを振《ふ》り向く。

その目は大きく見開かれ、そして悲しそうに首を横に振った。

「来ちゃダメ！　晴人くんは……！」

玲衣さんの悲痛な声はそこで聞こえなくなった。

その華奢《きやしや》な身体は車のなかに押し込められ、すぐに車は走り去った。

呆然《ぼうぜん》としている俺の前に、セーラー服姿の少女が現れる。

愉快《ゆかい》そうに少女は笑った。

「ほらね、やっぱり先輩《せんぱい》と姉さんは一緒《いっしょ》にはいられない運命なんですよ」

目の前にいたのは、遠見琴音さんだった。

「やだな、そんな怖い顔をしないでください。姉さんを連れ去ったのは、私ではないんですよ」

「なら……」

「あれは遠見グループの従業員たちですよ。汚《きたな》い仕事にも手を染める怖い人たちですし、さすがに私でも使い立てたりはできません」

「なら……」

「お祖父様《じいさま》の意向です」

遠見さんはきっぱりと言った。

玲衣さんと遠見さんの祖父である、遠見総一朗《そういちろう》のことだろう。

俺たちの町に本社を置く、全国的な巨大企業《きよだいきぎよう》「遠見グループ」の会長だ。

　遠見さんは薄《うす》く笑う。

「本当なら私の手で姉さんを痛めつけたかったんですけど。でも、姉さんの思い通りにならずに、先輩と引き離されるだけでも愉快ですね」

「遠見さんは俺を怒《おこ》らせたいのかな」

「はい。姉さんの好きな人の顔が絶望に染まるなんて、こんな嬉しいことはありません」

　一瞬《いっしゅん》、彼女をこの場でどうにかしてしまいたい衝動に駆《か》られたが、思いとどまった。

　そんなことをすれば、俺も遠見さんと同類だ。

　それに、それで玲衣さんが帰ってくるわけでもない。

　玲衣さんを取り戻し、玲衣さんを望む通りの自由な状態に解放することこそが、遠見さんに対する最も有効な反撃《はんげき》のはずだ。

　遠見さんは勝ち誇った表情で、「ごきげんよう、先輩。もう会うことはないかもしれませんけど」と言って、その場から立ち去った。

　携帯電話がつながったままだった。

　俺は夏帆に電話を切ることを告げようとしたが、いつのまにか電話の相手が替わっていた。

「晴人君？　聞こえてる？」

「雨音《あまね》姉さん？」

「ええ」

俺は事情を説明した。

玲衣さんが連れ去られてしまったと聞いて、雨音姉さんは「そう」と短くつぶやいた。

そして、「連れ去ったのは遠見の大伯父《おおおじ》様ね」と言った。

俺は意外に思った。どうしてそのことがわかったんだろう？

雨音姉さんは電話の向こうで余裕《よゆう》のある声で言った。

「私は遠見家の事情にも詳しいの。連れ去ったのが遠見の本家なら、水琴《みこと》さんにすぐに危害を加えたりはしないはず。だけど、いつまでそうかはわからないわ。……晴人は水琴さんのことが大事？」

「うん」

「私よりも？」

そう聞かれて、俺は返事に困った。

雨音姉さんは従姉《いとこ》だけれど、俺のずっと昔からの家族だ。

だから、玲衣さんと雨音姉さんのどっちが大事かなんて聞かれても困る。

そんな比較《ひかく》は不可能だ。でも、雨音姉さんはくすっと笑った。

「いいの。私よりも水琴さんのほうが大事なんでしょう。なら、水琴さんを助けに行きましょうか」

「玲衣さんを助ける？　でも、どうやって？」

「遠見家に乗り込むのよ。私たちだって、いちおう遠見の分家の人間なんだから」

俺は絶句したが、しばらくしてなんだか不可能でない気がしてきた。

昔から雨音姉さんと俺が一緒になって困難に挑《いど》めば、なんとかなってきた気がする。

今回だって、これだけ自信たっぷりなのだから、雨音姉さんになにか作戦があるんだろう。

雨音姉さんは電話越《ご》しに確信のこもった声で言った。

「さあ、遠見の問題を解決しに行きましょう。そのために私は日本に戻ってきたんだから！」

☆

俺は急いで町に戻ると、雨音姉さんと合流した。

雨音姉さんは完全によそ行きの格好で、いつもは動きやすいジーンズとかを着ているの

に、いかにも清楚《せいそ》といった感じの白っぽい服にスカートを穿《は》いていた。

姉さんの運転する車に乗りながら、俺たちは川向うの遠見の屋敷へと向かう。

「これ、レンタカー?」

「ううん、友達の車。このへんって車なかったら不便でしょう?」

俺たちの住んでいる町は、お世辞にも都会とは言い難《がた》い。

遠見グループの運営する大規模な商業施設《しせつ》はあるけど、それは駅前から少し離れたあたりにあって、みんな車を使ってそこまで行く。

広大な立体駐車場《ちゆうしやじよう》が備え付けられていて、まあ、なんというか、地方都市のショッピングモールという感じだ。

「所詮《しよせん》、遠見家といっても、田舎企業《いなかきぎよう》のオーナー一族にすぎないでしょう? 怖《おそ》れる必要はないわ」

「この町に住んでいると、遠見家といったら別格扱《あつか》いだけどね」

この地方都市は、なにもかもが遠見グループを中心に回っている。

小売も建設も通信も不動産も金融《きんゆう》も食料品製造も、遠見グループが手掛《てが》けていてこの町だけでなく地方一帯に展開している。

大した産業がないこの町にとって、遠見の本社があるのはとてもありがたいことなのだ。

けれど、雨音姉さんに言わせれば、そんなことは大したことではないらしい。

「遠見グループなんて、連結全体でもたった四千億の売上しかない企業《きぎょう》じゃない。そんなの世界はおろか日本でも大したことのない中流企業でしょう。しかもどの分野でも地域では一番でも、日本全体から見れば豆粒《まめつぶ》レベルの事業展開だし」

「そういうものかな」

「そういうもの。世界は広いのよ」

そう言って、雨音姉さんはにっこりと笑った。

さすがアメリカの有名大学に留学しているだけのことはあるな、と俺は思う。

まず四千億円もの売上がある会社を小さいと思う発想が、俺には出てこない。

俺も玲衣さんも、世界といえばこの町と、せいぜい隣町《となりまち》の政令指定都市ぐらいで、それより広い世界なんて知らない。

でも、いずれ俺はこの町の外に出ていく。

そのとき、玲衣さんも一緒に外の世界を知ることができればいいなと思う。

遠見に縛《しば》られているかぎり、玲衣さんは自由になれない。

だから、なんとかしないといけない。

遠見家の屋敷が見えてくる。古びた大きな門には見覚えがある。

小学生のときに一度だけ俺はこの屋敷に来た。父さんに連れられてだけれど、あまり良い印象はなかった。豪邸《ごうてい》だけれど陰鬱《いんうつ》な雰囲気《ふんいき》の日本家屋。堅苦《かたくる》しい雰囲気の本家の人間たち。また来たいとも思わなかったし、なるべく関《かか》わりあいになりたくなかった。

車を降りると、屋敷の守衛らしき中年男性に声をかけられる。

「どちら様ですか？」

彼《かれ》は俺たちを見比べながら不思議そうに言った。

遠見家ほどの財産家には、お抱《かか》えの使用人たちがいるのだ。

アパート暮らしの秋原《あきはら》家とはだいぶ違うなとも思う。

「ご当主様に秋原の娘《むすめ》が来たとお伝えください」

と雨音姉さんがおしとやかな女性を演じながら言う。

守衛の人は慌《あわ》てて奥《おく》へと引っ込んだ。分家とはいえ、いちおう親族ということで俺たちはある程度は重要人物扱いされているらしい。

やがて割烹着《かっぽうぎ》姿の女性がぱたぱたと奥からやってきて、玄関《げんかん》に現れた。

女性、というより少女で、俺より少し年下ぐらいだ。

割烹着の下にはセーラー服が顔をのぞかせていて、三つ編みの髪型《かみがた》が真面目《まじめ》そうな印象

を与《あた》える。

「おまたせしました。ご案内しますね」

女の子は明るい声で言い、そして、ふふっと笑った。

あれ？　どこかで見た気がする。

「君は……水族館のときの……」

「はい。秋原晴人さんと玲衣お嬢様《じょうさま》、お二人の写真を撮《と》らせていただきましたね」

少女は、にこにこしながら言う。あのとき、写真をお願いした少女が遠見家の関係者とは思わなかった。だから、俺の名前を知っていたわけだ。

けれど、逆に玲衣さんはこの子のことを知らなかった。玲衣さんはこの屋敷に住んでいたはずなのに。

「わたしは渡会奈緒《わたらいなお》と申します。先週からこのお屋敷にご奉公《ほうこう》に上がったんです」

「ああ、だから、玲衣さんは君……渡会《わたらい》さんのことを知らなかったんだ」

「はい。両親はずっと昔から遠見家にお仕えしているんですけどね。お二人の様子を見ていたのも、遠見のお屋敷の意向です」

まさか、この子も玲衣さんの誘拐に関与《かんよ》していたのだろうか。

俺が問い詰《つ》める前に、渡会さんは両手を上げた。降参……という意味だろうか。

「そんな怖い顔しないでください。玲衣お嬢様を無理にこのお屋敷にお連れしたことに、わたしは関わっていません」

「そうなの？」

「はい。あっ、年下というのは嘘《うそ》で、お二人と同い年の高校一年生ですけどね」

まあ年齢《ねんれい》のことはいいのだけれど、誘拐に関わっていないというは本当だろうか？　疑わしいと思う。それなら、なんで渡会さんはあの場にいたのか、説明がつかない。雨音姉さんが横から口を挟《はさ》む。

「遠見家にもいろいろな思惑《おもわく》の人がいるからね。それとなく晴人君と水琴さんの様子を探《さぐ》っておくように。誰《だれ》かに頼《たの》まれたとか？」

「そんなところです」

玲衣さんの叔父《おじ》をはじめ、分家の人間まで含《ふく》めれば、遠見家には様々な利害関係者がいる。遠見家も一枚岩ではないのかもしれない。まあ、今、この渡会さんという少女のことを深く考える必要もない。

大事なのは、玲衣さんが無事なのかどうか、だ。

雨音姉さんが肩をすくめる。

「それで、ご当主様は本当に会ってくれるの？」

「秋原の方がお越しになったのなら、喜んでお会いになると思いますよ」

そして、渡会さんは上機嫌《じょうきげん》な様子で、俺たちを屋敷の奥へと通した。

やがて、障子で仕切られた和室の前で、渡会さんは立ち止まる。

「ご当主様が来るまで少しお待ちください」

そう言うと、渡会さんはふわりと一礼をしてその場から立ち去った。

俺と雨音姉さんは顔を見合わせ、それから部屋へと入った。

雨音姉さんが事前に約束を取り付けたとはいえ、遠見グループの会長は忙《いそが》しいんだろう。

ところが、誰もいないはずの隅《すみ》に一人の少女がいた。

畳《たたみ》の上で膝《ひざ》を抱えて、震えていたのは玲衣さんだった。

玲衣さんはびくっとして顔を上げた。

俺たちを見ると、玲衣さんはキョトンとして、それからぱぁっと顔を明るくした。

「晴人くん！」

玲衣さんがぴょんと跳ね起きて、そして俺に飛びついた。

俺は慌てて玲衣さんを正面から受け止め、そして柔《やわ》らかく抱きしめた。

玲衣さんの甘《あま》い香《かお》りで、少しだけくらっとする。

上目《うわめ》遣《づか》いに俺を見つめる玲衣さんの青い瞳には、涙《なみだ》が浮《う》かんでいた。

「助けに来てくれたんだ」

「うん」

「怖かった……。本当に怖かったの」

玲衣さんみたいな女の子が、いきなり大勢の男に車で拉致《らち》されれば怖くて当然だ。

ただ、いまのところ玲衣さんの身には何も起こっていないようだった。

「大丈夫？」

俺が聞くと、玲衣さんはこくりとうなずいた。

玲衣さんは甘えるように俺にしなだれかかる。

俺たちはしばらく互《たが》いの感触《かんしょく》を確かめあった。

「やっぱり晴人くんはあったかいね」

そして、玲衣さんは顔を真っ赤にしながら、柔らかく微笑《ほほえ》んだ。

俺たちは熱っぽい目で互いを見つめあった後、しばらくして離れた。

いつまでも玲衣さんを抱《だ》きしめていたい気もするけど、ここは遠見の屋敷だし、しかも
雨音姉さんも俺たちを見て、にやにやしている。

「へえ、私の見ている前でそういうことをしちゃうわけ？　ラブラブね」

「そ、そういうわけじゃなくて……！」

玲衣さんが慌てた様子で否定しようとすると、雨音姉さんが首をかしげる。

「ラブラブじゃないの？」

「い、いえ、わ、わたしと晴人くんは……ラブラブです！」

言ってから玲衣さんは恥《は》ずかしそうに、目を泳がせる。

恥ずかしければ言わなければいいと思うのだけれど、雨音姉さんに改めて聞かれると、ラブラブではないとは言えなかったのだと思う。

玲衣さんが俺をちらりと見て、ささやく。

「晴人くんと……ら、ラブラブなのはわたしだもの。佐々木《ささき》さんとはラブラブってわけじゃないんだものね？」

「そのラブラブって表現、恥ずかしいからやめない？」

「やめないもの」

玲衣さんが俺の右手を握《にぎ》る。その小さな手の温かさに俺はどきりとする。そして、玲衣さんは熱っぽい目で見つめた。

雨音姉さんが「ふふっ」と面白《おもしろ》がるように笑っていたけれど、玲衣さんはもはや俺のことしか見えていないみたいだった。

恥ずかしいけれど、ともかく、状況《じょうきょう》を確認することが必要だ。

俺は咳払《せきばら》いをする。

「それで……どうして遠見家は玲衣さんを連れ戻《もど》したりしたんだろう？」

玲衣さんも我に返ったのか、名残惜《なごりお》しそうに俺の手を放す。

「さあ……わたしを連れ去った人たちも、『必要なことなんです。我慢《がまん》してください』としか言ってなかったから……」

「理由はわからないわけだよね」

俺と玲衣さんは顔を見合わせた。雨音姉さんが何かを言いかけたが、そのとき、障子戸が開いた。

「待たせてすまんね、秋原の者たちよ」

そう言いながら現れたのは和服の老人で、白いひげを蓄《たくわ》えた威厳《いげん》のある見た目をしていた。テレビでも見たことのある遠見家の当主。

遠見総一朗だ。

俺はさすがに緊張《きんちょう》した。玲衣さんも少し怯えているようだ。

ただ、雨音姉さんだけは平然とした様子だった。

「ご無沙汰《ぶさた》していますね、遠見の大伯父様」

「ああ、久しいな。それにしても、遠子《とおこ》にそっくりだ」

しみじみと遠見総一朗は言った。その言葉には昔を懐《なつ》かしむような温かみがあり、俺は少し意外だった。遠子というのは、俺と雨音姉さんの祖母のことだ。早くに亡《な》くなったそうで、俺たちは一度も会ったことはない。

そして、秋原遠子の旧姓《きゅうせい》は遠見。遠見総一朗の妹だったのだ。

「本題に入りましょう。やっぱり水琴さんを手放すのが惜しくなりましたか？　これほど美しく、また遠見の血を引いていれば、政略結婚《けっこん》の相手には困らないでしょうから」

雨音姉さんの言葉に、玲衣さんがびくっと震える。

そうか。遠見家にとって、玲衣さんはそういう利用価値もありそうだ。

しかし、遠見総一朗はあっさりそれを否定した。

「そういう話ではない。むしろわしは玲衣を守るために連れ戻したのだ」

「守るため？」

「そうだ。遠見グループの業績が悪いことは知っておろう？」

たしかにこのあいだテレビでも特集されていたが、遠見グループは最近、かなりの赤字だという。それでも地域最大の企業であることは変わらないし、それが玲衣さんを連れ戻すこととどう関係があるのか。

「詳《くわ》しくは言えんのだが、遠見グループを立て直すために、わしはあまり表立っては名前

の言えない連中の力を借りた。その途中《とちゅう》でちょっとした恨《うら》みを買ってしまってのう。端的《たんてき》に言えば、命を狙われておるのじゃよ」

俺はぎょっとした。この人はとんでもないことを平然とした顔で言うな、と思う。

しかし話は見えた。

「つまり、あなたが恨みを買ったことで、玲衣さんにも危害が及《およ》ぶ、ということですか？」

「いかにも。玲衣と琴音は、わしの大事な孫じゃ。人質《ひとじち》にとられれば困ったことになる」

「大事な孫だなんて思っていないくせに……」

と玲衣さんが横でつぶやいていた。

だが、遠見総一朗はそれを気にせず、続けた。

「だから、手元に戻しておく必要があったということじゃよ。この屋敷では遠見家の使用人たちが二十四時間体制で警備をしておるし、地元の警察署の力も借りておる」

「だからといって、玲衣さんの意思を無視して無理やり連れてきたわけですか？」

「そうは言うが、遠子の孫よ。おまえさんに玲衣を守ることができるのかね？」

うっと、俺《おれ》は言葉につまった。

たしかに遠見の本家も怖れるほどの集団に狙われているなら、俺のアパートで玲衣さんを守ることは不可能だ。

けれど、玲衣さんは決然とした様子で言った。

「晴人くんなら、わたしのことを守ってくれるもの」

「ほう。だが玲衣をこの家からまた出すことには賛成できんね。なに、今回は他の親族ともめないように、離《はな》れを綺麗《きれい》にして用意しておいた」

そう言うと遠見総一朗は窓の外を指さした。そこには一棟《とう》の建物がある。

それは母屋《おもや》から距離《きより》を置いた建物で、立派でかなり広そうではあるけれど、どことなく寒々とした雰囲気だった。

そこに玲衣さんを一人で住まわせるつもりなのか。せっかく、玲衣さんは俺と一緒に暮らすのを楽しいと言ってくれた。なのに、また一人に戻らないといけないなんて。

玲衣さんが俺と遠見総一朗を見比べて言う。

「どうしても……屋敷に戻らないといけませんか？」

「ああ。玲衣にはここに戻る以外の選択肢《せんたくし》はない」

「わかりました。それなら……お祖父様。わたし、この屋敷に戻ります。あの離れに住めばよいのですよね」

玲衣さんははっきりとそう言った。俺は玲衣さんの顔を見たが、そこには微笑みがあった。玲衣さんはこの屋敷に戻ることは仕方のないことだと諦《あきら》めてしまったのかもしれない。

けれど、次の玲衣さんの一言で、俺は驚《おどろ》きのあまり腰《こし》を浮かした。

「ただし、一つだけお願いがあります。……晴人くんも同じ離れに住むことを許可してください！」

それから、玲衣さんは俺を見ると、いたずらっぽくくすっと笑った。

「晴人くんがそれでよければだけど……」

俺はしばらく考えた。

たしかに玲衣さんと一緒にいられるなら、別に俺のアパートにこだわる必要はない。あのアパートは借り物だ。俺はあっさりとうなずいた。

「もちろん」

玲衣さんは俺の返事を聞いて、嬉《うれ》しそうにした。そして、俺たちは遠見総一朗の返事を待った。

☆

遠見総一朗の返事は鷹揚《おうよう》だった。

遠見の屋敷の離れに、俺と玲衣さんが同居することを許してくれた。

もちろん部屋は別々だけれど。

「離れだけでもこんなに広いんだ……！」

「うちのアパートとは違《ちが》うわね」

夏帆と雨音姉さんが離れのダイニングで楽しそうに言う。

俺が遠見の屋敷の離れで同居すると言うと、雨音姉さんや夏帆も一緒についてくると言い張った。

さすがにそれは無理なんじゃないかと思ったが、遠見総一朗は「かまわんよ」とうなずいた。実際のところ、遠見総一朗は玲衣さんが誘拐されないことが大事であって、それ以外の面では玲衣さんにあまり関心がないのかもしれない。

そして、遠見家が手配したトラックで急ピッチで引っ越《こ》しを終えた。

俺と玲衣さん、夏帆、そして雨音姉さんの四人が、この離れでそれぞれ部屋を与えられている。食事はダイニングで四人で摂《と》るけれど、なんと遠見家の料理人が用意してくれるらしい。

至《いた》れり尽《つ》くせりだけれど、あまりにも急な話で驚きの連続だったし、引っ越し作業のせいでかなりの疲労《ひろう》感がある。

俺がふうっと息を吐《は》くと、夏帆がくすっと笑う。

「晴人、お疲《つか》れだね」

「そうかもしれない……」

「はい。コーラ、買ってきたの。飲む？」

夏帆が俺にコーラのペットボトルを差し出した。ちょうど冷たい飲み物を飲みたい気分だったので助かる。

「ありがとう」

「どういたしまして」

俺のお礼に夏帆は嬉しそうに微笑んだ。俺は蓋《ふた》を開けて、冷たいコーラを飲む。甘さと炭酸が、心地《ここち》よい。冬場とはいえ、部屋は暖房《だんぼう》が利いていて、いろいろ作業したら喉《のど》が渇《かわ》いてしまっていた。玲衣さんは自分の部屋に行き、荷物を置いているみたいだった。

夏帆が俺をじーっと大きな瞳《ひとみ》で見つめる。

「夏帆？　どうしたの？」

「え？　ううん。なんでもない」

夏帆が顔を赤くした。なんでもないという感じではないけど、どうしたんだろう？

「ね、それより晴人。ここってすごく広い大浴場があるんだよね？」

「らしいね」

「ちょっと楽しみ！」

　夏帆はわくわくという感じで、顔を輝《かがや》かせる。

　この町には大して有名ではないけれど、いちおう温泉が湧《わ》いている。

　遠見家は温泉旅館のようなものも運営していたし、それを自分の屋敷の浴場にも引いているようだった。

「晴人、さっそく入ってきたら？」

「え、でも……」

　そんなにすぐに使えるのだろうか？　雨音姉さんが横から口を挟む。

「もう使える状態だって、使用人の渡会さんが言ってたわ」

「そうなんだ……」

　まあ、たしかに疲れたし、ちょうどいいのかもしれない。一通り引っ越しの整理も済んでいるし。俺も夏帆と同じで、実は大浴場を楽しみにしていた。

　普通《ふつう》の家には、温泉なんてないし。

　結局、俺は夏帆の提案に乗った。それが夏帆の作戦だとは知らずに。

☆

俺は一人で離れの大浴場に入った。

「すごいな……」

俺は扉《とびら》を開けて、一歩、大浴場に入った瞬間《しゅんかん》、ため息をもらした。

目の前には檜《ひのき》造りの豪華《ごうか》な湯船が広がっている。大きな旅館の施設と言われても信じるぐらいには立派だ。さすが大金持ちの遠見家……！

温泉の独特の匂《にお》いがして、さっそく俺は湯に浸《つ》かろうと思った。軽く体を洗ってから湯船に浸かる。

「極楽極楽《ごくらくごくらく》……」

なんて独り言をつぶやいてしまうぐらいには、温泉は気持ちよかった。

「晴人がおじいさんみたい……」

突然《とつぜん》、脱衣《だつい》所のほうから夏帆の声がして、俺はぎょっとする。

「か、夏帆⁉ なんでいるの？」

「決まってるでしょ？ 一緒にお風呂《ふろ》に入ろうと思ったの！」

夏帆はどうやら服を脱《ぬ》いでいるようだった。もしかして、このために俺に風呂を勧《すす》めたんだろうか……？

俺は慌てたけれど、アクションを起こす前に夏帆が浴場に入ってきてしまった。

夏帆は小柄《こがら》な身体にバスタオル一枚をつけて、恥ずかしそうに頬《ほお》を赤く染めている。

「な、なんで……一緒にお風呂に？」

「だって、晴人はこないだ水琴さんと一緒にお風呂に入ろうとしたんでしょ？　だったら、あたしも晴人と一緒に入らないと……水琴さんに負けちゃう」

「そういう問題でもない気が……」

「そういう問題だよ！　晴人の初めてをもらうのはいつもあたしなの！」

「ええと、小学生以前は一緒に入ったこともあったよね？」

「大人になってから、初めて一緒に入る女の子があたしってこと」

「俺たちはまだ高校生だから、大人とは言えない気がする……」

「揚《あ》げ足《あし》取らない。……十年後も、本当に大人になったとき、晴人と一緒にお風呂に入っているのも、あたしだといいな」

夏帆はそう言って、照れたように笑った。

俺は何も答えられずに、固まってしまう。たぶん俺の顔も真っ赤だ。

夏帆がかけ湯をしようとしたので、俺は慌てて後ろを向く。しばらくして、夏帆は湯船に入ってきた。夏帆は俺のすぐ背後まで来て、そこで腰を下ろしたようだった。

背中側にいるから俺から夏帆は見えない。夏帆が俺の耳元に口を近づけてささやく。

「あとで背中を流してあげる。でも……そのまえに」

いきなり、夏帆の両手が俺の胸に回され、ぎゅっと抱きつかれる。

そうすると、夏帆が俺の背中に密着して、タオル越しに胸の柔らかさが伝わってくる。

「か、夏帆……」

「こんなことで恥ずかしがってたらダメだよ？　このあとは『もっとすごいこと』をするんだから」

もっとすごいこと、ってなんだろう……？

俺は頭がクラクラしてまともに考える余裕がなくなった。

「晴人と一緒にお風呂に入るのは、小学五年生のとき以来だよね？」

「前はこんなことをしなかったけどね」

「そう？　相手の身体を洗いっことかしてたよね？　それに最後に入ったときは晴人に押《お》し倒《たお》されたし」

「あれはわざと押し倒したんじゃないよ……」

小学五年生まで、家族ぐるみの付き合いだった俺たちは一緒にお風呂に入ることがあった。

最後に一緒に入ったのは、俺が夏帆の家に泊《と》まったときで、互いの親は仕事で忙しくていなかったから、二人きりで入った。夏帆の家は旧家だから、遠見の屋敷《やしき》ほどではないけれど、風呂場《ふろば》はかなり広く、石造りだった。

そして、俺はその風呂でこけて、夏帆を巻き込んでしまい、裸《はだか》の夏帆を押し倒してしまう格好になったのだ。だから、純粋《じゅんすい》な事故で、わざとじゃない。

「でも、あのとき晴人があたしを見る目、エッチだったよ？」

「そういうことを言わないでください……」

「あのときは恥ずかしかったけど、今は晴人があたしをそういう目で見てくれるなら、嬉しいなって思うの」

そして、夏帆は俺の耳たぶを甘噛《あまが》みした。

俺は思わず「ひゃうっ」と声を上げてしまった。夏帆がくすっと笑う。

「可愛《かわい》い声……。女の子みたい」

「か、夏帆。あまりからかわないでほしいな……」

「からかってなんていないよ。水琴さんだって、晴人の耳を甘噛みしたんでしょう？」

「それはそうだけど……」

「あのね……晴人が水琴さんのことを大事に思ってるのは知ってるよ。でも、今はあたし

のことだけを想《おも》ってほしいの」

夏帆は切なげに俺に訴《うった》えた。雰囲気的にこのままだとまずい気がする。

俺は裸で、振《ふ》り返れば夏帆も裸同然《はだかどうぜん》の姿なわけだ。

「昔みたいに、押し倒してくれてもいいんだよ？　晴人？」

追い打ちをかけるように、夏帆が甘えるように俺の名前を呼んだ。俺は動揺《どうよう》したけれど、こんなことはダメだって言わないといけない。

玲衣さんにも、そして夏帆にもちゃんと告白の返事をしていないのに、このまま流されるわけにはいかない。俺が覚悟《かくご》を決めて振り向くと、夏帆がどきりとした様子で「晴人……」と名前を呼ぶ。本当に押し倒されると思ったのかもしれない。でも、そんなことをするわけない。

そのとき、浴場の扉が開いて、一人の少女がこの場に入ってきた。

「押し倒したりなんて、ダメなんだから！」

俺は慌てて声のするほうを向いた。そこにいたのは、バスタオル姿の玲衣さんだった。どうやら、夏帆が俺と一緒《いっしょ》に風呂に入ろうとしているのを知って、ここに来たらしい。

夏帆がくすっと笑った。

「水琴さんも一緒に入るつもり？」

「佐々木さんが晴人くんと一緒に入ろうとするから、仕方なく止めに来たの！」

そう言ってから、玲衣さんは俺をちらりと見て、顔をかぁぁぁっと真っ赤にした。

そして、恥ずかしそうに目をそむける。

「晴人くん……その、えっと……」

玲衣さんが何を言いたいかわかって、俺も赤面した。

そう言えば、俺は素っ裸《すっぱだか》だった。湯船に浸かっていても、上半身ぐらいは見えてしまう。

夏帆がにやにやしながら言う。

「水琴さんって恥ずかしがり屋だよね？」

「そ、そう言う佐々木さんは平気なの？」

「あたしは晴人の裸を見れたら嬉しいもん」

夏帆は楽しそうで、そして玲衣さんに近づいた。

「水琴さんは晴人と水族館デートをしたんだから、あたしが晴人と一緒にお風呂に入るぐらい、いいでしょう？」

「わたしがしたのは健全なデートだもの。一緒にお風呂なんてハレンチなこと、ダメなんだから」

「ふうん。晴人とキスして盛り上がって、一緒にお風呂に入ろうとした水琴さんが、それ

を言うんだ？」

たしかに雨の中でキスしたあと、水琴さんの提案で一緒にお風呂に入りかけたこともあった。あのときは未遂《みすい》だったけれど、夏帆をハレンチだと言うなら、水琴さんもハレンチということになる。

「それに、今の水琴さんはバスタオル姿で、晴人の前にいるし」

「そ、それがどうしたの⁉」

「晴人に見られて、恥ずかしくないのかなあって」

夏帆の言葉に、水琴さんは今の自分の状況が恥ずかしくなってきたのか、あたふたとしだした。夏帆への対抗心《たいこうしん》から風呂場に来たものの、覚悟はできていなかったのかもしれない。

水琴さんは「ううっ」と涙目になっている。一方、夏帆は勝ち誇《ほこ》った笑《え》みを浮かべた。

「恥ずかしがり屋の水琴さんには、晴人の体を洗ってあげたりなんてできないよね？」

「で、できるもの！」

そう言うと、玲衣さんはおそるおそる一歩を踏《ふ》み出し、湯船に入る。

そして、俺のそばに立った。改めて見ると、バスタオル姿の水琴さんは、体のラインがはっきり見えて扇情的《せんじょうてき》だった。

「は、晴人くん……あまり見ないでほしいな」

「ご、ごめん」

「でも、は、晴人くんが見たいなら……いいかも」

「え？」

俺が驚きのあまりまじまじと水琴さんを見つめると、水琴さんから「ぷしゅー」と蒸気が出るかのように恥ずかしそうな表情になって、ぶんぶんと首を横に振った。

「やっぱりダメ！」

そう言われて、俺は慌てて目をそらした。夏帆が横からそっと俺の耳元に唇《くちびる》を近づける。

「あたしだったら、いくら見てくれてもいいんだよ？」

その言葉を聞いて、水琴さんも対抗心を燃やしたようだった。

「さ、佐々木さんの思い通りになんてさせないんだから！」

恥じらうように玲衣さんは青色の目を伏《ふ》せている。透《す》き通るような白い肌《はだ》は、身体中《からだじゅう》が赤くなっていて、火照《ほて》っているようだった。

「佐々木さんを見るぐらいなら、わたしを見てほしいの……」

「え？　で、でも……」

「それに、晴人くんの身体も洗ってあげる！」

「ほ、本当に？」

「ほ、本当だもの……」

玲衣さんの声が消え入りそうなほど小さくなる。夏帆がくすっと笑った。

「水琴さんって大胆《だいたん》♪」

「佐々木さんに言われたくない！」

「そうだね。きっと、あたしの方が大胆だよ？　水琴さんは背中をちょっと流すだけだろうけれど、あたしだったら、晴人の身体を正面から洗ってあげる」

そして、夏帆は「だから、あたしを選んで」とささやいた。玲衣さんは頬を膨《ふく》らませる。

「……っ！　わ、わたしだって、晴人くんのためなら、なんでもできるもの！　晴人くんを隅々《すみずみ》まで洗ってあげるんだから！」

玲衣さんは自分でもわけもわからず、とんでもないことを口走っているようだった。だいぶ無理をしているように思える。いろいろな意味で、三人でお風呂に入るなんてとんでもないことは避《さ》けたい。

かといって、玲衣さんだけ風呂場から出るようにと言っても、夏帆がいるかぎり、玲衣さんはここから去らないだろう。

とすると、必然的に夏帆を説得しないといけないわけで……どう言えばいいだろう？

俺は慎重《しんちょう》に口を開いた。

「えっとその……こういうことは好きな人とだけするものじゃないかな……」

玲衣さんと夏帆は顔を見合わせた。

「あたしは晴人のことが好きだよ？」

「わ、わたしも晴人くんのことが大好きだもの！」

楽しそうな夏帆と、恥ずかしそうな玲衣さんは対照的だった。そう言われて嬉しくないわけはないのだけれど、問題は俺がどちらが好きか結論が出せていないことなわけで……。

でも、そんなことを口にはできない。ああ、どうすればいいんだろう……？

「晴人くん？」「晴人？」

そこで、不思議な感覚に襲《おそ》われた。なんだか頭がぼんやりとする。ぐらりと身体が傾《かたむ》いた。

姿勢を戻そうとするが、俺はそのまま湯船の中に倒れこんでしまった。

視界が暗転する。

「は、晴人くんっ⁉」「晴人っ⁉」

玲衣さんと夏帆の二人の悲鳴を聞きながら、俺は理解した。

要するに、温泉に浸かりすぎて、ついでに二人の美少女に迫《せま》られたせいで、俺はのぼせたのだ。

☆

気づいたときには俺は自室の布団《ふとん》に運ばれていた。

俺の体調に大きな問題はなさそうだったけれど、隣《となり》では事情を聞いた雨音姉さんがくすくす笑っていて、玲衣さんと夏帆の二人は仲良く同じように縮こまりながら、「ごめんなさい」と謝《あやま》っている。

二人とも部屋着だった。玲衣さんはキャミソール姿で、夏帆はロングシャツにカーディガンを羽織っている。そんな二人を横目に、雨音姉さんが布団の上の俺の目を覗《のぞ》き込《こ》んだ。

ストレートのきれいな黒髪《くろかみ》がふわりと垂れて、俺の頭にかすかに触《ふ》れる。

白っぽいワンピースを着ている。

「体調は良くなったみたいだけど、でも、念のため誰かが晴人君のそばについていてあげないとね」

玲衣さんと夏帆がびくっと震《ふる》える。そして、身を乗り出して、「わたしが看病します！」「あたしが晴人と一緒にいる！」と勢《いきお》い込んで言った。

その様子を見て、雨音姉さんは首を横に振った。

「二人とも失格」

「ど、どうしてですか？」

玲衣さんの問いかけに、雨音姉さんはふふっと笑った。

「だって、あなたたち二人とも晴人を寝《ね》かせないでしょ？　ちゃんと休ませてあげないといけないのに、逆効果になっちゃうもの」

「そ、そんなこと……ありません」

言いながらも、玲衣さんの声はちょっと小さかった。もともと俺が倒れたのも、玲衣さんと夏帆が風呂場で俺に迫ってきたことが原因の一つだった。

二人が俺の部屋に残れば、きっとまた騒動《そうどう》になる。

「だから、晴人君の面倒《めんどう》は私が見るから」

「ええっ。そんなぁ」

夏帆が残念そうにしていたけれど、雨音姉さんは気にするふうもなく「こういうのは、晴人君のお姉さん役の私の特権だから」と言って、にやりと笑った。

しぶしぶといった感じで玲衣さんと夏帆の二人が退場すると、雨音姉さんはくすっと笑って俺を見つめ、静かに俺の横に腰を下ろした。

そして、カバンからペーパーバックの洋書を取り出して読み始めた。

その本の表紙には外国の王様風の絵が描かれていて、"The Daughter of Time"というタイトルが白い文字で綴《つづ》られている。

「それ、何の本?」

「イギリスの推理小説。歴史ミステリの傑作《けっさく》なんだそうだけど、知らない?」

俺は首を横に振った。

俺もそれなりに推理小説には詳しいほうだと思っているけれど、海外作品をそれほどたくさん読んでいるわけでもない。

「晴人君もまだまだだね」

そう言って雨音姉さんは微笑むと、ふたたび本に目を落とした。

俺が安静に休めるように気を遣ってくれているのだろう。

普段《ふだん》の雨音姉さんは夏帆たち以上にハイテンションだったりする。

けれど、こうして静かに本を読んでいると、大人の女性っぽいというか、とても清楚《せいそ》な雰囲気《ふんいき》だ。俺が思わず見とれていると、雨音姉さんが「なに?」とくすっと笑って、こちらを振り向いた。

「私に見とれてた?」

「そういうわけじゃ……ないよ」

「ホントかな？」

俺は何も言わず、布団の毛布にくるまり、目をそらした。

「そういえば、私も晴人君と一緒にお風呂に入ったことあるよね？」

「あったっけ？」

「覚えているくせに」

雨音姉さんの言うとおり、俺ははっきりと覚えていた。

俺が十一歳で、雨音姉さんが十六歳の女子高生のときだ。

あの頃《ころ》の雨音姉さんは火事で両親を亡くしたばかりで、その心の傷を埋《う》めるように俺にかまっていた。地元のお祭りに行くときも、カラオケに行くときも、廃墟《はいきょ》に探検しに行くときも、いつも雨音姉さんは俺を引き連れていた。

だから、雨音姉さんの友達からもかなりかまわれ、からかわれた気がする。

そうした頃に、雨音姉さんは俺と一緒に風呂にまで入ろうとしたのだ。

十六歳の美少女だった雨音姉さんはもう十分に大人びた体つきをしていた。

俺が顔を真っ赤にするのを見て、雨音姉さんは楽しそうに笑いながら俺の身体を洗っていた。

「また一緒に入ってみる？」

「えっ、そんなわけにはいかないよ」

俺がびっくりして言うと、雨音姉さんは「冗談《じょうだん》。晴人君にはもう水琴さんと夏帆がいるものね。私なんかがいなくても」と言い、目を伏せて、寂《さび》しそうに笑った。

なんだか悪いことを言ったような気がしてきた。

俺は戸惑《とまど》いながら、小声で言った。

「えっと、一緒に入りたくないというわけじゃなくて……」

「私と一緒にお風呂に入りたいの？」

「まあ、うん。雨音姉さんがよければ……俺は一緒に入りたい……と思う」

その瞬間、雨音姉さんが表情をころっと変え、目を輝かせた。

「そっか。晴人君は私と身体の洗いっこをしたいんだ！」

「え？　いや、そんなことは言ってないけど……」

「じゃあ、今度、一緒にここの大浴場に入ろう！」

雨音姉さんはとてもいい笑顔《えがお》で、布団のなかの俺の肩《かた》を軽く叩《たた》いた。

なんだか、はめられたような気がする。

「晴人君は優《やさ》しいよね」

「雨音姉さん……俺をからかってる？」

「晴人君を優しいと思うのは本当だよ？　晴人君の優しさがなかったら、高校生の私は壊《こわ》れちゃってたと思うから」

そう言って、雨音姉さんは昔を懐かしむように瞳を閉じた。

「高校生になったばかりの頃の私って、ふさぎこんでいることが多かったでしょ？」

雨音姉さんの問いかけに俺はうなずいた。

当時の雨音姉さんに元気がなかったのは当然で、火災に巻き込まれて雨音姉さんの両親は亡くなっていたのだった。

その火災に巻き込まれたのは、俺の母さんもだった。

「晴人君だって、きっと辛《つら》かったはずなのに、いつも私を慰《なぐさ》めてくれた」

「そんな大したことをした記憶《きおく》はないけれど」

俺は少し照れくさくなって、小声で言うと、雨音姉さんは微笑《ほほえ》んで首を横に振った。

「私にとっては大事なことだったの。晴人君は私のことをいつも助けてくれた。だから、今度は私が晴人君のことを助けてあげる番だから」

「夏帆のことは本当に助かったよ」

夏帆と俺が姉弟《きょうだい》だという誤解は、雨音姉さんのおかげで解けた。

雨音姉さんは軽くうなずいた。

「次は水琴さんの番ね。いつまでもこのお屋敷にいるわけにもいかないし」

そう。

遠見総一朗が命を狙《ねら》われていて、そのせいで玲衣さんにまで危害が及びかねないことが今の問題だった。それが解決しないかぎり、セキュリティの高いこの屋敷から俺たちは出ることができない。

俺がうなずくのを見て、雨音姉さんはふふっと笑う。

「でも、今はゆっくり休んでね」

雨音姉さんは、昔と同じように優しく俺にささやくと、ふたたび本に視線を落とした。

そのとおりだ。今は俺も安静にしていないといけない。

俺はゆっくりと目を閉じた。

第六話　女神様たちの晴人争奪戦 ——chapter.6

だいぶ時間が経《た》ったようだった。

目を覚ますと、窓の外はもう真っ暗で、隣で雨音《あまね》姉さんがうとうとしていた。

俺の様子を見ているはずが、いつのまにか自分も寝てしまったらしい。

微笑ましく思って、俺は雨音姉さんに毛布をかけると、部屋をそっと出た。

のどが渇《かわ》いたのだ。

俺がふらっとダイニングに入ると、食卓《しょくたく》には玲衣《れい》さんと夏帆《かほ》がいた。けっこう広いダイニングで、豪華な長椅子《ながいす》なんかもある。

けれど、二人は真剣《しんけん》な顔で小さな椅子《いす》に腰掛《こしか》けて、卓上《たくじょう》のなにかを見つめている。

俺に気づくと、二人は慌《あわ》てて顔を上げた。

「晴人……もう体調は大丈夫《だいじょうぶ》なの？」

と夏帆が心配そうに言い、俺は「平気だよ」と微笑んだ。

「本当にごめんなさい……」

玲衣さんが小声で言う。

風呂場で玲衣さんと夏帆の二人が俺にくっついて……いろいろしようとしたのが、俺が倒れた原因だった。

「そんなに謝らなくていいよ」

「でも……」

玲衣さんが目を伏せた。

一方、俺が元気になったとみるや、夏帆はいつもどおりのからかうような表情になった。

「晴人も可愛い女の子二人と裸の付き合いができて嬉しかったものね？」

「夏帆……」

「楽しかったでしょ？」

「べつに」

と俺がわざとそっけなく言う。

ここで非常に良い体験でした、とは口が裂《さ》けても言えない。

けれど、夏帆は「ふうん」と言ってにやにやと笑う。本心を読まれているのかもしれない。

俺は困って視線を泳がせ、食卓の上をちらりと見た。卓上にはなぜかチェスがあった。

玲衣さんと夏帆の二人はチェスの勝負をしていたらしい。

「意外と二人とも仲が良いんだね」

俺が言うと、玲衣さんと夏帆はちょっと顔を赤くして、ぷいっと互《たが》いから顔をそむけた。

「べつに佐々木《ささき》さんと遊んでいるってわけじゃないの」

「なら、なんでチェスを？」

「賭《か》けをしてるんだよ」

夏帆が言う。

お金でも賭けているんだろうか。それはあまり良くない気がするけど。

けれど、夏帆は首を横に振った。

「あたしと水琴《みこと》さんの勝ったほうが、晴人と一日デートする権利を手に入れるの」

冗談かと思いきや、玲衣さんも夏帆も、表情は真剣そのものだった。

「晴人はどっちを応援《おうえん》する？」

「お、俺？」

「そうそう。晴人はどっちとデートしたいの？」

「それを聞いてしまったら、デートする権利を賭けてチェスをする意味がなくない？」

俺の問いに、二人は顔を見合わせ、「たしかに」とうなずいた。

玲衣さんと夏帆は、性格はぜんぜん違うけど、意外と気が合うのかもしれないな、と俺《おれ》は思い、微笑ましく思った。

「なんで笑ってるの？」

玲衣さんの質問に、俺は「理由はないよ」と答え、椅子を持ってきて腰を下ろした。

もちろん、二人のチェスを観戦するためだ。

二人は真剣に盤上《ばんじょう》に目を落としていた。

玲衣さんvs夏帆のチェス対決は、やや夏帆に有利に推移しているようだった。

青い瞳を曇《くも》らせ、玲衣さんは困ったように眉《まゆ》を上げた。

玲衣さんは学年でもトップクラスの成績だし、夏帆もかなりの優等生だ。

二人とも頭が良いわけだけれど、夏帆は臨機応変な対応が得意だし、勝負事には強いほうかもしれない。

夏帆は大きな瞳を楽しそうに輝かせ、そしてくすっと笑った。

「せっかく晴人がいるんだし、デートの権利を賭けるだけじゃつまらないよね」

「どういうこと？」

玲衣さんが首をかしげる。

夏帆はいきなり俺に身を寄せ、腕《うで》をとって組んだ。

俺は驚《おどろ》いた。

急にどうしたんだろう？

あっ、と玲衣さんも声を上げて、不満そうに夏帆を睨《にら》む。

けれど、夏帆はまったく気にしていない様子だった。

「勝った方はデートの権利だけじゃなくて、この場で晴人に好きなことをしてもらうっていうのはどう？」

「好きなこと？」

「勝ったほうが選ぶの。肩を揉《も》んでもらうとか、ハグしてもらうとか……もっとエッチなことをしてもらうとか」

もっとエッチ、という部分をささやくように夏帆は発音し、そして唇に人差し指を当てた。玲衣さんが少し赤面し、「もっとエッチなこと……」とつぶやいた。

夏帆が付け加える。

「負けたほうは、罰《ばっ》ゲームとして、勝ったほうが晴人とすることをじっと見てないといけないの」

「ええと、俺の意思はどうなるの？」

「もちろん、晴人には拒否権《きょひけん》があるよ。でも晴人はあたしたちにハグされたりするのが

嫌《いや》?」

「嫌なわけはないけどさ、でも……」

「なら、決まりだよね」

「わたしは賛成するなんて言ってない!」

慌てた様子で、玲衣さんが言う。チェスで劣勢《れっせい》の玲衣さんからしてみれば、何も得することのない提案だ。

けれど、夏帆はにやりと笑った。

「水琴さん、あたしに勝てる自信がないの?」

「そ、そんなことないもの!」

「でも、あたしのほうがかなり有利だよね」

「ここから絶対に逆転するから」

「なら、あたしの提案に反対する理由はないよね? だって、玲衣さんは絶対に勝つんだもの」

うっ、と玲衣さんは言葉に詰《つ》まった。

結局、玲衣さんは夏帆の挑発《ちょうはつ》に乗り、提案に同意してしまった。

夏帆はふふふと頬を緩《ゆる》め、「晴人になにしてもらおっかなー」と楽しそうに独り言をつ

ぶやいていた。

「マッサージしてもらうとかいいかも！　晴人ってうまいんだよね」

「そうなの？」

と玲衣さんが興味を持ったように聞き返す。

「うん。とっても気持ちいいの。勝ったらやってもらおうっと」

「……っ！　そんなの絶対にさせないんだから！」

玲衣さんと夏帆の戦いはますます白熱してきた。

ところが、夏帆が油断したせいか、玲衣さんが死にものぐるいで反撃《はんげき》したせいか、形勢は逆転し、しだいに玲衣さんが勝つ方向に変わっていった。

そして、そのままあっけなく勝負は玲衣さんの勝利に終わった。

呆然《ぼうぜん》とする夏帆に対し、玲衣さんはぱあーっと顔を輝かせていた。

「これで晴人くんとデートできる！　それに……」

玲衣さんは夏帆を見て、くすっと笑った。

「晴人くんになにしてもらおっかなー」

「それ、あたしのセリフだったのに！」

夏帆がむくれて言う。

ともかく、玲衣さんが勝利を収めた。

そしてこの場で俺が玲衣さんに何かをする、ということになるらしい。

「キスしてもらうのもいいけど……」

悩《なや》むように玲衣さんは言い、そして、唇に人差し指を当てて、ふふっと俺に笑いかけた。

銀色の髪《かみ》がふわりと揺《ゆ》れる。そして、玲衣さんは顔を赤らめた。

「じゃ、じゃあ、晴人くんにマッサージしてもらおうかな」

「それもあたしのアイデアなのに！」

夏帆が地団駄《じだんだ》を踏み、悔《くや》しそうに唇を噛《か》む。

とはいえ、提案したのは夏帆だから、半分は自業自得《じごうじとく》なんだけれど……。

玲衣さんはなにか迷っている様子だったが、突然「よし！」とつぶやくと、おもむろに長椅子に近づき、俺に背を向けた状態で、うつ伏《ぶ》せに寝そべった。そして、上半身を起こして、俺のほうを振り向く。

「こ、こんな感じでいい？」

「えっと……」

俺は戸惑ってしまう。なぜなら、玲衣さんは薄手《うすで》のキャミソール姿で、肩も胸元《むなもと》も大胆に露出《ろしゅつ》している。

しかも、キャミソールは丈《たけ》が短くて、寝そべると下着が見えてしまいそうで気になる。

とはいえ、それを直接は言いづらい。ためらっていると、玲衣さんは俺の沈黙《ちんもく》を別の意味に受け取ったらしい。

玲衣さんが不安そうに瞳《ひとみ》を揺らす。

「も、もしかして、わたしなんかにマッサージするのは嫌？」

「嫌、なんてことはないし、むしろ嬉《うれ》しいけど……」

言ってから、しまったと思う。今のは失言だ。

玲衣さんがみるみる顔を赤くする。

「う、嬉しいってどういう意味？」

「それは……」

俺が返事に困っていると、夏帆がジト目で俺を睨む。

「水琴さんのエッチな身体を触《さわ》り放題なわけだものね？　それは男の子だったら嬉しいよね——」

「そんなこと思ってないってば！」

「思ってるくせに」

夏帆はくすっと笑い、楽しそうに俺を見つめる。

「晴人ってば、照れちゃって可愛い。あたしだったら、水琴さんより晴人のことを喜ばせてあげられるんだけどな。ね、今からあたしが晴人にマッサージしてあげよっか？」

「か、夏帆が俺にマッサージするの？　で、できるの？」

「失礼な。あたしだってマッサージぐらいできるんだから」

夏帆がふふっと妖艶《ようえん》に微笑む。俺はどきりとするけれど、夏帆の提案を受け入れるわけにはいかない。勝負に勝ったのは、玲衣さんなのだから。

その玲衣さんを振り返って、俺はぎょっとする。玲衣さんの瞳はめらめらと燃えるように輝《かがや》いている。たぶん、夏帆の言葉を聞いて、対抗心を燃やしているのだと思う……。

「勝ったのはわたし！　わたしがマッサージしてもらうの！　晴人くんはわたしの身体《からだ》に触りたくないの⁉」

勢いこんで玲衣さんは言ってから、自分がとんでもないことを口にしたと気づいたらしい。玲衣さんは「今のは変な意味ではなくて……」なんて言い訳しているけれど、説得力がない。

でも、実際のところ、マッサージをするだけだ。俺は深呼吸した。相手が玲衣さんだから、少し緊張《きんちょう》するけれど……。

俺はそっと玲衣さんの右の二の腕に手を置いた。それだけで玲衣さんがびくっと震える。

「ひゃうっ」

玲衣さんが甲高《かんだか》い声を上げて、俺はびっくりする。夏帆がじーっと俺を見つめる。

「晴人がいやらしい手つきで触ったんだ」

「普通《ふつう》にマッサージしようとしただけだよ！」

俺の抗議《こうぎ》に夏帆はぷいっと顔をそむけてしまう。「あたしがマッサージしてもらいたかったのに」と夏帆は小さくつぶやいていた。

一方の玲衣さんはうつ伏せのままで言う。

「は、晴人くん。ちょっとびっくりしちゃっただけだから。続けて……ほしいな」

「う、うん」

俺はそのまま、玲衣さんの肩や腕をマッサージしていく。玲衣さんはちょっと恥《は》ずかしそうにしているけれど、俺のマッサージを受け入れていた。それにしても、玲衣さんはスタイルも抜群《ばつぐん》で、身体も柔《やわ》らかくて……俺は平常心を保つのに必死だった。

「んっ……晴人くん……本当に上手」

「気持ちいいなら、良かったよ」

「佐々木さんにはいつもこういうことをしていたの？」

俺はちらりと夏帆を見ると、夏帆が「えへへ」と笑っている。

「中学生の頃はね、よくやってもらってたかな」

「雨音姉さんにも頼《たの》まれてやってたよ」

俺は付け足して言う。雨音姉さんとは同じ家に住んでいたので、せがまれてマッサージをしたりすることは多かったと思う。

玲衣さんは「ふうん」とつぶやいた。

「ずるい……うらやましい……。でも、これからはわたしが毎日マッサージしてもらえるような関係になるんだもの……きゃっ」

俺が玲衣さんの背中に触ると、玲衣さんがまたびくっと震える。マッサージのためなんだけど、先に背中に触るよ、と言っておけば良かった、と後悔《こうかい》する。

夏帆が背後から「水琴さんの声があざとーい」なんて言い、玲衣さんは「わ、わざとじゃないもの」と顔を赤らめて反論している。

とはいえ、その後は何事もなく、マッサージは進んだ。美少女の身体に触れるということで（しかも腕や脚は素肌《すはだ》）、俺はドキドキしていたけど、玲衣さんの方は少しずつ慣れてきたようで気持ち良さそうにリラックスしていた。

「えーと、玲衣さん、次は足の裏をやろうと思うんだけど……」

俺は声をかけたけれど、玲衣さんから返事がない。おや、と思って玲衣さんを見ると

……すやすやと寝息《ねいき》を立てている。

眠《ねむ》ってしまったみたいだ。その無防備だけれど可愛《かわい》らしい寝顔《ねがお》に、俺はしばらく見とれる。

夏帆がくすっと笑う。

「晴人……水琴さんから信頼《しんらい》されているんだね」

「疲《つか》れていたのもあるんじゃないかな。最近、けっこう慌ただしかったし」

「そうだとしても、好きな男の子の前じゃないと、こんなに安心しては眠れないよ」

夏帆がからかうように言うので、俺は頬《ほお》が熱くなるのを感じた。

玲衣さんが俺のことを好き。改めて言葉にされると、くすぐったい。

「でもね。晴人のことを好きなのは、水琴さんだけじゃないよ」

そう言って、夏帆は身を乗り出す。部屋着のカーディガンの裾《すそ》がふわりと揺れた。

「玲衣さんが眠っちゃったから、あたしをマッサージしてくれてもいいよね？」

「そ、それは……」

「玲衣さんと違《ちが》って、恥ずかしがったりしないから……どこをマッサージしてくれてもいいんだよ？」

夏帆は冗談めかして言うけれど、その顔は真っ赤だった。

答えに困っていると、ちょうどそのときダイニングと廊下《ろうか》を区切る障子戸が開いた。戸の向こうにいたのは、ブレザーの制服の少女だ。

少女は部屋のなかを見回して、目を瞬《まばた》かせた。

「……なにをやっているんですか、あなたたちは」

その少女は、玲衣さんの妹の遠見《とおみ》さんだった。

玲衣さんは長椅子にうつ伏せですやすやと眠り、その玲衣さんを見下ろす格好で、俺と夏帆が向かい合って立っている。

状況《じょうきょう》がよく理解できないのも当然だと思う。遠見さんは首をかしげていて、その仕草は可愛らしかった。

遠見さんは緑色のブレザーの制服がよく似合う、黒髪の清楚な見た目の美少女だ。けれど、性格のほうはかなり危険な子だった。

遠見さんは異母姉の玲衣さんを憎《にく》んでいる。

玲衣さんの母が、遠見さんの父親を奪《うば》い、そして不倫《ふりん》の末に二人とも事故死したからだ。

そして遠見さんは玲衣さんに危害を加えようとした。

いま遠見さんは屋敷《やしき》の母屋《おもや》、俺たちは離《はな》れに住んでいて、ごく近くにいるわけだけれど、できれば関《かか》わりたくない相手だった。

とはいえ、夏帆は遠見さんと敵対しているわけでもないし、遠見さんも夏帆に含《ふく》むところはないと思う。

夏帆からしてみれば、遠見さんも中学生の女の子にすぎない。夏帆は遠見さんに微笑みかける。

「晴人にね、水琴さんがマッサージしてもらっていたの」

「へえ……」

「晴人はとっても上手なんだよ」

夏帆が言うと、遠見さんは肩をすくめた。

「ちょと言い方がいやらしくないですか……?」

「健全なマッサージだよ」

にこにこと夏帆が言う。夏帆が俺にお願いしようとしたマッサージは、あまり健全な感じではなさそうだったけど……。

「ふうん……」

遠見さんは俺、玲衣さんと夏帆を眺《なが》め、ぽつりとつぶやく。

「……なんだか、楽しそうですね」

「え?」

俺はちょっとびっくりする。遠見さんからそんな言葉が出るとは思わなかったからだ。

遠見さんもうっかり口にしてしまったのか、ちょっと顔を赤くする。

「今のは、忘れてください」

「楽しそうだと思うなら、遠見さんも晴人にマッサージしてもらう？」

夏帆の言葉に、もちろん遠見さんは首を横に振《ふ》った。

「それは遠慮《えんりょ》しておきます。あなたたちと馴《な》れ合うつもりはありません」

「それは残念」

夏帆も遠見さんの返事がわかっていたのか、くすくすと笑った。それにしても、夏帆はどうしてそんなことを言ったのだろう？

俺が夏帆をちらりと見ると、夏帆は俺の耳元に唇《くちびる》を近づけて、「あたしが仲良くできるなら、仲良くしておいた方が良いかなって」と俺にだけ聞こえるような小さな声でつぶやいた。

たしかに遠見さんと敵対したままなら、玲衣さんはずっと危険な目に遭い続けるかもしれない。それを防ぐためには、玲衣さんと遠見さんが関係を修復する必要がある。

けれど、遠見さんは両親のことで玲衣さんを強く憎んでいる。玲衣さんからしてみれば、遠見さんは自分を迫害《はくがい》してきた宿敵だ。

簡単に仲直りできるはずがない。

遠見さんが咳払《せきばら》いをする。

「ともかく、私の目の前でイチャイチャしないでください。……姉さんとか佐々木さんとかには、今は用はありません」

「え？」

「用があるのは秋原先輩《あきはらせんぱい》、あなたです。来ていただけますか？」

「俺？」

「はい。少しお話ししたいことがありまして。それに、あなたが姉さんにマッサージをしているというのも、気に入りませんからね」

「どうして？」

「姉さんが幸せそうにしているのを見るのは、嫌なんです」

遠見さんが低い声で言うのと同時に、玲衣さんが「ううん……」とうめき声を上げ、起き上がる。玲衣さんは寝ぼけ眼《まなこ》をこすっていたけど、遠見さんがいるのを見て、眠気《ねむけ》も吹《ふ》き飛んだようだった。

「琴音……!? どうしてここにいるの？」

「姉さんから秋原先輩を奪いに来た、と言ったらどうします？」

玲衣さんの青い目が急に鋭《するど》くなる。

「……絶対に渡《わた》さない」

「姉さんってそんな目もできたんですね。屋敷にいるときは、いつも死んだような目をしていたのに」

「渡したくない、大切なものができたから」

「気に入りませんね」

遠見さんは無表情に言うと、いきなり俺の手を握った。

まさか手をつなぐとは思っていなかったので、俺はびっくりして遠見さんの顔を見ると、遠見さんはふふふと不思議な感じの笑《え》みを浮《う》かべた。

「さあ二人でお話ししましょうか、秋原先輩。言っておきますが、拒否権はないですよ？」

いったい遠見さんが何を考えているかまるでわからない。ただ、ここで抵抗《ていこう》して、遠見さんの心証を悪くすれば、どんな仕返しをされるかもわからない。

遠見さんは強引《ごういん》に俺の手を引っ張り、廊下へと連れ出した。俺は仕方なく従う。

俺たちは離れの玄関《げんかん》を出て、さらに屋敷の門からも出た。外はもう完全に真っ暗で、あたりには電灯もまばらだった。

俺と遠見さんは屋敷の目の前から続く坂道を下りていく。

やがてそれなりに交通量の多い県道に出た。ただ車ばかりが行き交《か》い、歩行者はほとんどいない。遠見さんは俺の手を引きながら、俺の少し先を歩いていく。

「遠見さんは俺なんかと手をつなぐのはまっぴらごめんだと思っていたけれど」

「私は姉さんのことは嫌《きら》いですけど、秋原先輩のことはべつに悪く思っていませんから。それにですね、私が先輩と手をつないだときの姉さんの顔、見ました？」

俺は首を縦に振った。

玲衣さんはとても複雑そうな表情をしていて、青い瞳を伏《ふ》せていた。

遠見さんは愉快《ゆかい》そうに笑った。

「姉さんは嫉妬《しっと》しているんですよ。先輩が他の女の子と手をつないだから。あの悔しそうな顔を見られただけでも、私は満足です」

「それが理由で俺を連れ出したわけではないよね？」

「はい。でも、今も姉さんは、私と先輩が二人きりでいると思って地団駄を踏《ふ》んでいるはずですね」

地団駄を踏むってあまり使わない表現だなと俺は思ったが、口には出さなかった。

ともかく、問題は遠見さんの用が何か、だった。

「先輩は佐々木さんを選ばないいんですか？」

「佐々木夏帆さんは先輩の幼馴染《おさななじみ》で、先輩のことが好きなんでしょう？　そして、先輩も佐々木さんのことが好きなんでしょう？」

「そうだね。俺は……夏帆のことが好きだった」

「なのに、佐々木さんを選んでいないのは、姉さんのことが好きだからですか？」

「それは……そうかもしれない」

「煮《に》え切らないですね」

「自分でもそう思うよ」

「先輩には佐々木さんを選んでほしいんですけどね」

「遠見さんは玲衣さんのことが嫌いだから、そう言うんだよね？」

「はい。まあ、そういう意味ではべつに佐々木さんでなくてもいいんです。たとえば私でもいいんですよ。私、姉さんと同じぐらい美少女でしょう？」

冗談っぽく、黒い大きな瞳を輝かせた。

たしかに遠見さんは綺麗《きれい》な子だし、お嬢様《じょうさま》だからか、仕草にも品がある。アイドルだと言われても納得《なっとく》してしまうような雰囲気《ふんいき》だし、もし玲衣さんと仲が良ければ、並んだら絵になるだろう。

けれど。

「俺は別に遠見さんに興味はないよ」

「へえ」

遠見さんは急につまらなそうな顔になった。

「それに遠見さんは玲衣さんを傷つけようとしたからね」

「そうですね。私と先輩は敵同士です」

「その『敵』と夜にこんな人通りの少ないところを一緒《いっしょ》に歩いていいの？」

「先輩には私をどうこうする度胸なんてないでしょう？」

「まあ、べつに何もする気はないけどね」

「ふうん」

遠見さんは俺をまっすぐに見つめた。

そのとき急に大型のワゴン車がすごいスピードで後ろから走ってきた。そして、俺たちのそばに止まる。

思えば、俺たちはこのとき、すぐに逃《に》げ出すべきだったのだ。けど、俺も遠見さんも顔を見合わせ、なんだろう？と立ち止まってしまった。

ワゴン車から屈強《くっきょう》そうな男が二人、降りてきた。

そして、遠見さんに近寄る。遠見さんは怯《おび》えた表情で、「なんですか……？」と言って後ずさったが、男たちに手を捻《ひね》り上げられた。

「嫌っ！　放してっ！」

「こいつが遠見の令嬢《れいじょう》だな。ずいぶんと可愛いじゃねえか」

男の一人がにやにやしながらつぶやく。

「遠見さんっ！」

俺は慌てて遠見さんを助けようとしたが、もう一人の男にあっけなく止められる。

こちらの男は穏《おだ》やかな声をしていた。

「この少年は必要ないんだが、見られてしまった以上、二人まとめて誘拐《ゆうかい》するとしよう」

遠見さんが目に涙《なみだ》をためている。

見ると、遠見さんの細く白い首筋には、ナイフが当てられていた。

「さあ、乗ってもらおうか」

こうして俺と遠見さんは、二人して誘拐されることとなった。

第七話　女神様の妹と二人きり ——chapter.7

大型のワゴン車の後部座席に俺たちは押《お》し込《こ》まれた。
俺《おれ》たちを誘拐した人間は三人。
一人は運転手で、もうひとりは助手席の紳士《しんし》的《てき》な雰囲気の男性だ。
最後の一人は粗《そ》暴《ぼう》そうな茶髪《ちゃぱつ》の大男。
そして、俺の隣《となり》の遠見《とおみ》さんは粗暴そうな男に捕《つか》まれ、ひっと悲鳴を上げていた。
彼《かれ》は俺たちと同じく後部座席に乗っているのだ。
監視役《かんしやく》ということだろう。
「これで遠見のお嬢様は俺たちのものってことだ」
そして男はブレザーの上から遠見さんの体をまさぐろうと手を伸《の》ばした。
遠見さんは嫌悪《けんお》感と恐怖《きょうふ》から顔をゆがめ、目に涙をためていた。
だが、もう一人の男が止めに入った。
「今はやめておいたほうがいい。早くこの場から立ち去らないと」

茶髪の男は舌打ちをしたが、そこで動きを止めた。

そのまま車は走り出した。

遠見さんはガタガタと震《ふる》えている。

もしかすると、遠見さんがまた何か計画していて、自作自演なのではないかと思っていたけれど、この様子だと違うようだ。

それに茶髪の男の態度からして、本気で遠見さんに危害を加えかねない。

俺は考えた。

遠見さんと玲《れ》衣《い》さんの祖父、遠見総一朗《そういちろう》は言っていた。

遠見グループの再建の過程で裏社会の人間たちから恨《うら》みを買い、そのせいで孫たちにも危害が及《およ》びかねない、と。

確信はないけれど、この男たちは最初から遠見さんの素性《すじょう》を知っていたようだし、遠見総一朗の言う連中の手先だと見て良さそうだ。

「ずっと屋敷を張っていたら、不用心にものこのこ屋敷の外に出やがったからな。ラッキーだった」

茶髪の男の言葉に、もうひとりの男が「黙《だま》っておけ」と短く言った。

そう言われて、茶髪の男は不機嫌《ふきげん》そうになり、そしてふたたび遠見さんに手を伸ばそう

とした。

「嫌っ！」

遠見さんが怯え、男の手から逃《のが》れようとする。

俺はとっさに遠見さんの手を引き、自分のもとへと引き寄せた。

そして、男に対して静かに言う。

「この子に手を出すのはやめておいたほうがいい」

「おまえはなんだ？　このお嬢様の彼氏《かれし》か？」

「いや。でも、俺の大事な人の妹だからね」

男は邪魔《じゃま》されて腹を立てたのか、俺に拳《こぶし》を振りかざした。

俺の腕のなかの遠見さんは震えていたけれど、俺はなんとか平静を保った。

「車内で騒《さわ》ぎを起こしても、あなたたちにとって何もいいことはないと思うよ。どういう計画か知らないけど、誘拐が失敗する危険が高まるだけだ」

「うるせえな」

茶髪の男は俺の言葉を気にしなかったみたいだけれど、助手席の男は違った。

「その少年の言う通りだ。どうしておまえはおとなしくしていられないんだ？」

立場的には助手席の男がリーダーのようで、茶髪の男は今回もしぶしぶといった様子で

従った。

当面は遠見さんの身に危険が及ぶ可能性は回避《かいひ》できたわけだ。

俺はほっとして、それから、自分が遠見さんを抱《だ》き寄せていることに気づいた。

男から逃げようとした遠見さんは、俺の膝《ひざ》の上に乗っかっている。

小柄《こがら》な遠見さんは、俺に身を任せ、震えていた。

あれほど気が強そうで、玲衣さんを陥《おとしい》れようとしていた少女と同じ人物とは思えないぐらい、弱っている。

遠見さんは俺を見上げ、顔を赤くした。

俺は遠見さんの身体を後ろから抱きしめる格好になって、互いの顔もすぐ近くにあった。

小さな声で、遠見さんは言った。

「守ってくれたつもりですか？」

「一応ね」

「……ありがとうございます」

それきり、俺も遠見さんも、男たちも黙った。

やがて助手席の男の指示で俺たちは目隠《めかく》しをされた。

どこに連れて行くのかわからなくするためだろう。

かなりの時間が経《た》って、ようやく俺たちはワゴン車から降ろされ、目隠しを外された。

どこか山のなかのようで、目の前に別荘風《べっそうふう》の高い建物があった。

俺たちはナイフを突《つ》きつけられながら、建物四階の寝室《しんしつ》に連れ込まれた。

ホテルの一室のように浴室やトイレも付いているようだったけれど、かなりボロボロだ。

リーダー格の男が、俺たちに言う。

「目的が達成されるまで、君たちを解放するわけにはいかない」

「どのぐらいの期間？」

「それを言うわけにはいかないが、まあ、ここでゆっくりしていてくれ。ただし……逃げようとしたら、命はないと思ってほしい」

男はそうすごむと、部屋から消えた。

監視役の男を残さなかったのは、その余裕《よゆう》がないからだろうか。

二人きりになった俺たちは、互いの顔を見つめた。

遠見さんは憔悴《しょうすい》しきっていた。

遠見のお嬢様として育った遠見さんは、こんなふうに悪意にさらされたことはないはずだ。

それで男に襲《おそ》われそうになったのだから、怯えて当然だろう。

一方の俺は、怖《こわ》いと言えば怖いけど、あまりに現実味がなくて、誘拐されたという実感がわかない。

それに、あくまでも誘拐の対象は遠見さんだ。

俺はオマケ的な意味合いが強い。

まあ、そうはいっても、口封《くちふう》じのために殺されたりするかもしれないわけだけれど、遠見さんとは立場が違う。

遠見さんは震えを抑《おさ》えようと努力しているようだったが、やがて声を上げて泣き始めてしまった。

戸惑《とまど》う俺に遠見さんはすがりついた。

ついさっきまで、遠見さんは玲衣さんを憎み、男に襲わせようとしていて、俺にとっては敵だった。

だけど、いまの遠見さんはただの怯える女の子だった。

俺はためらいながら、俺に身を寄せる遠見さんを抱きしめた。

そうすると、遠見さんは俺にぎゅっと抱きつき、少し安心したように体の緊張を緩めた。

そのままずっとそうしていると、遠見さんは泣き止《や》んだ。

そして、赤い目のまま俺を見つめた。

「恥ずかしいところを見せてしまいました」

「べつに恥ずかしいだなんて思わないけど」

「先輩は……強いですね。怖くないんですか？」

「怖いけど、それが態度に出ないだけだよ」

「それが強いってことだと思います。私は強い人間のつもりだったんです。姉さんなんかとは違って……」

「遠見さんは玲衣さんを男に襲わせようとしていたよね。さっき遠見さんがされそうになったのは、それと同じことだよ」

うっ、と遠見さんは言葉に詰まった。

そして、不安そうに俺《おれ》を見つめた。

「先輩は……私のことを許せないって思っていますよね。だから、私があの男たちになにかひどいことをされてもいい気味だとしか思わないんじゃないですか？」

「もしそうなら、さっき遠見さんをかばったりしないよ」

「それは……これからも私のことを守ってくれるってことですか？」

「遠見さんは玲衣さんの妹だからね」

俺が言うと、遠見さんは複雑そうな表情をした。

「姉さんの妹だからっていう理由は気に入りません」

「遠見さんは玲衣さんのことが嫌いだろうからね」

「そうですね。それもありますけど……それ以外の理由もあります」

遠見さんは大きな黒い瞳で、俺のことをまっすぐに見つめた。

「私、先輩に興味があったんです」

「え？」

「ご、誤解しないでください。そういう意味じゃなくて、あの姉さんが好きになった人がどんな人か、気になっていたんです。姉さんは怖がりで、臆病者《おくびょうもの》で、傷つくのを恐《おそ》れていて……そんな人が、先輩にだけ心を許しているって知ったら、気にならないわけがありません」

「それで、俺はどんな人間だった？」

「優《やさ》しい人だな、とは思いました。私は姉さんと先輩にひどいことをしようとしたのに、今でも怒《おこ》らずに私に普通に接してくれて、私を守ってくれようとしています。それは私が姉さんの妹だから？　それだけですか？」

「どうかな……ともかく、俺にとっては、それが自然だと思うからだよ」

遠見さんの感情も、理解できなくはないのだ。遠見さんは大好きな両親を奪われたのだ

から、納得できない気持ちはわかる。

もちろん遠見さんが玲衣さんにしようとしたことを許せるわけじゃない。でも、だからといって遠見さんが傷ついても良いとは思えなかった。

「ふうん……ありがとうございます、先輩」

遠見さんは柔らかい表情だった。

「お礼を言われるようなことはしていないよ」

「していますよ。ねえ、私と先輩、ここで一緒に生活することになるんですよね？」

「あの男はそう言っていたね」

「なのに……ベッドが一つしかないんですけど……どうしましょう？」

たしかに遠見さんの言うとおりで、部屋にベッドは一つしかなかった。

サイズ的にはダブルベッドだから、二人で寝《ね》ることもできないことはないけれど、そういう問題でもない。

ちらちら、と遠見さんが俺の方を見る。

さて、どうしたものか。

「俺は床《ゆか》で寝るよ」

「え……でも」

「俺と一緒に寝るのはまずいだろうから」

「それは……そうですが……」

遠見さんは何か言いたそうにしていたが、結局、何も言わなかった。

誘拐された時点で夜遅《よるおそ》かったし、もうそろそろ日付が変わりそうだった。

俺はあまり眠くないけれど、そろそろ寝ても良い頃《ころ》だ。それに、今できることはあまりない。ドアは内側から開かないようになっているし、窓から逃げようにもここは四階だ。

そのとき、外側からドアが開いた。俺も遠見さんも緊張して、誰《だれ》が来たのかを見た。

そこに立っていたのは、俺たちを誘拐した男の一人だった。茶髪の粗暴な男だ。

彼はにやりと笑った。

「もう我慢《がまん》する理由はねえな」

そう言って彼はずかずかと入ってきて、遠見さんをつかんだ。

遠見さんの顔がみるみる青ざめる。

「やだっ！　放してくださいっ！」

「こんな美少女で、しかも遠見のお嬢様をやれるっていうんだ。放すわけがないだろう？」

男の言葉を聞いて、遠見さんはますます怯え、じたばたと暴れたが無駄《むだ》だった。

「オレは幸せに育ったやつが大嫌《だいきら》いでね。つまり、見てくれも良くて大金持ちの生まれみ

たいなやつが、泣き叫《さけ》んで壊《こわ》れるのが大好きってことだ！」

男が遠見さんをベッドに突き飛ばした。

彼はそのまま遠見さんに覆《おお》いかぶさるつもりだったんだろう。

だけど、そうはならなかった。俺が男の足を払《はら》い、投げ飛ばしたからだ。

男は呆然《ぼうぜん》としたままその場に倒《たお》れ込み、俺は追撃《ついげき》を加えようとした。

が、男もさすがに無抵抗《むていこう》というわけではなく、すぐに起き上がり、俺を睨《にら》んだ。

「なめた真似《まね》をしてくれるじゃねえか」

俺は遠見さんの前に回り込み、遠見さんをかばう位置に立った。

「あんたにはこの子が幸せそうに育ったふうに見えるわけかな？」

俺の問いかけに男は目を血走らせた。

「そうだ。何の悩《なや》みもなく、ぬくぬく育ちやがって！」

男は勘違《かんちが》いしている。大金持ちの遠見家の令嬢でも、悩みはあるのだ。

玲衣さんだけじゃなくて、両親を失った遠見さんも、ずっと孤独《こどく》だったはずだ。

大男は俺に向かって拳を振りかざしたが、俺はそれをさっと避《よ》けた。

「あんたは何もこの子のことを知らないんだよ」

俺はそうつぶやいて、そのまま彼の頬に拳をめり込ませた。

綺麗に決まった一撃《いちげき》で、男はあっけなく倒れた。

この男はあまり頭の回転が良くなければ、たいして格闘《かくとう》に強いわけでもない。

誘拐犯《ゆうかいはん》のなかでも下っ端《ぱ》扱《あつか》いをされているわけだ。

騒ぎを聞きつけた誘拐犯のリーダーがやってきて、呆《あき》れたように男と俺たちを眺めた。

「こいつは……まったくどうしようもないな。女に手を出すぐらい黙認《もくにん》してやろうと思っていたが、こんな少年の返り討《う》ちに遭うなんて」

男は首を横に振った。

俺は彼に尋ねた。

「また遠見さんを襲わせるつもりなら、俺たちもあなたたちの言うことを素直《すなお》には聞けないな」

「へえ。例えば？」

「俺たちを生かしておく必要があるなら、俺たちに全力で抵抗されたら、あなたたちも困るだろう？」

「まあ、それもそうか。つまり、そこのお嬢様には手を出すな、ということだね」

俺がうなずくと、彼は「まあ、そのほうがいいか」とつぶやいた。

「わかった。この馬鹿《ばか》にはお嬢様に手出ししないように言っておこう。こいつへのご褒美《ほうび》

のつもりだったが、こんな醜態《しゅうたい》をさらしたんだからやむを得ないさ。それに私たちも暇《ひま》ではなくてね」

そう言うと、リーダー格の男は、床に倒れた男を引きずっていった。

俺はほっと胸をなでおろした。

危ないところだった。

俺は今でこそ無害な一般《いっぱん》高校生だけど、中学生のときはいろいろあって喧嘩《けんか》慣れしていた。

ただ、所詮《しょせん》、中学生の喧嘩程度なわけで、俺の力なんて知れてるし、相手が強ければ負けていただろう。

俺が振り返ると、遠見さんはベッドの上でふるふると震えて、ふたたび涙をぽろぽろとこぼしていた。遠見さんの涙でベッドのシーツが少し濡《ぬ》れている。

俺が慌《あわ》てて遠見さんに近寄ると、遠見さんはぎゅっと俺にしがみついた。

さっきとまったく同じ構図だけれど、さっきより遠見さんが俺に抱きつく力が強くなっている気がする。

遠見さんは完全に俺に体重を預けていた。

「先輩……もっと強く抱きしめてください」

「怖かった？」

「はい……でも、先輩が守ってくれて……」

続きは声にならなかった。

遠見さんが声を上げて泣き始めたからだ。

仮に無事に解放されたとしても、それまでに遠見さんの心が壊れずに持つだろうか。

リーダー格の男は、遠見さんを襲わせないと約束してくれたが、いつ状況が変わるかわからない。

俺は泣きじゃくる遠見さんをあやすように抱きしめた。

ふわりと良い香《かお》りがして、遠見さんの身体の温かさが伝わってくる。

それは少し玲衣さんを抱きしめたときと似ているような気がした。

やがて泣き止むと、遠見さんは俺を上目遣《うわめづか》いに見つめた。

「先輩……私を守ってくれますか？」

「そのつもりだよ」

「ありがとうございます……。いつも姉さんのことをこういうふうに抱きしめているんでしょう？」

「いや……いつもってわけでもないけど……」

「でも、したことはあるんですよね」

遠見さんが顔を赤くして、俺をジト目で見る。

正面から抱きつかれると、遠見さんの柔《やわ》らかい部分が俺の身体に触《ふ》れる。

特に胸の柔らかみ。

玲衣さんほどではないけれど、中学生にしては大きい方なのかもしれないな、と考えていたら、遠見さんが不満そうにつぶやいた。

「なにか……失礼なことを考えていませんでした？」

「べつに……」

「姉さんと私の胸の大きさを比較《ひかく》したりとか」

俺が目をそらすと、「図星なんですね……」と遠見さんがつぶやいた。

「言っておきますけど、私は成長途中《とちゅう》なんですからね⁉　姉さんに負けているわけじゃないですから！」

「負けず嫌《ぎら》いだなあ……」

「だって、先輩だって大きい方が好きなんでしょう⁉」

「まあ、そうだけど」

「ほら、やっぱり！」

「でも、俺の好みなんて気にしなくてもいいんじゃないかな」

俺がそう言うと、遠見さんがはっとした顔をした。

そして、さらに顔を赤くする。

「べ、べつに先輩の好みを気にしているわけじゃないです！」

「そう？」

「い、いえ。少しは気になるのですが……」

遠見さんはしどろもどろになりながら言い、それから俺を上目遣いにちらりと見た。

「先輩……あの……私、さっき男に襲われそうになりましたよね？」

「無事で本当に良かったよ」

「もし、無事じゃなかったら、って私……考えちゃったんです。もしかしたら、またああいう目に遭いそうになって、本当に……そういうことをされちゃうかもしれません。それだったらいっそ……」

「いっそ？」

遠見さんは俺に抱きついたまま、下腹部まで俺に寄せて密着度を高めた。

そして、俺の耳元にささやきかけた。

甘《あま》い吐息《といき》が俺にかかる。

「姉さんにするみたいに、私にも……キスしてくれませんか、先輩?」

遠見さんは恥《は》ずかしそうな顔で俺を見つめた。

俺はどぎまぎして、目の前の遠見さんを見つめた。

遠見さんはブレザーを脱《ぬ》いで、ブラウス一枚のみになっている。

そんな遠見さんがベッドのそばで俺に抱きついているというだけでも動揺《どうよう》していたのに、
そのうえ、遠見さんは俺にキスしてほしいと言い出した。

「ね、私みたいな美少女とキスできるなら、先輩だって嬉《うれ》しいですよね?」

「自分のことを美少女だなんて言う?」

「だって、事実ですから」

遠見さんは冗談《じょうだん》めかして言ったが、その顔は相変わらず真っ赤だった。

たしかに、遠見さんは清楚《せいそ》な雰囲気の美少女だ。

アイドル並みに顔立ちも整っているし、肌《はだ》も透《す》き通るように白くて、スタイルも悪くない。

たしかにこんな可憐《かれん》な見た目の子に、キスしてほしいと迫《せま》られて悪い気がする男子はいないだろう。

ただし、純粋《じゅんすい》な好意からキスをするとは限らない。

「どうして俺なんかとキスしようなんて思ったの？」

「それは……さっきみたいに男に襲われるかもしれないなら、その前に先輩に……」

「あんな粗暴な男より俺のほうがマシだって理由なら、あんまり嬉しくはないな」

遠見さんは虚《きょ》をつかれたような顔になった。

そして、ぶんぶんと首を横に振った。

綺麗な黒い髪《かみ》が揺《ゆ》れる。

「ち、違《ちが》います。そんな失礼なことを言ってはいません」

「なら、どうして？」

「先輩は……意地悪ですね」

「誰とでもそういうことはしない、というだけだよ」

遠見さんは困ったように目をさまよわせた。

このまま押し切れば、遠見さんも諦《あきら》めるかもしれない。

けれど、遠見さんは静かに言葉をつむいだ。

「言ったでしょう？　私、先輩に興味があったんです。姉さんが心を許す先輩に。あの男嫌いの姉さんが、先輩とキスするときはあんなに気持ちよさそうにしていたなら……私はどうなんだろうって、思ったんです」

「なんだかんだで、遠見さんは玲衣さんのことを気にしているんだね」

俺の言葉に、遠見さんは怒るかと思った。

遠見さんからすれば、玲衣さんは父親が死ぬきっかけを作った憎《にく》むべき相手だ。

けど、遠見さんは素直にうなずいた。

「そうなのかもしれません。私は……いつも姉さんと比べられてきましたから。でも、いま、先輩に持っている感情は、たぶん、姉さんのせいだけではないんです」

「ええと……」

「危険なのに、先輩は私のことを身体を張って助けてくれました。先輩からすれば、私は敵なのに」

「べつに大したことをしたわけじゃないよ」

「でも、かっこよかったですよ？」

遠見さんはくすりと笑い、そして俺の耳元でささやいた。吐息がくすぐったい。

「ごめんなさい。先輩は私のことを許してくれますか？」

「なんのこと？」

「男たちに姉さんを襲わせようとしたことです」

「急にどうしたの？」

これまで、遠見さんはどんなことをしても悪びれなかった。

それが今、目の前の遠見さんは、自分のしたことを謝《あやま》っている。

「自分がひどいことをされそうになって、初めて何をしようとしていたか、わかったんです」

「反省してくれたなら、いいけれど。でもさ、遠見さんが謝るべきなのは俺じゃないよ」

「わ、わかってます！　玲衣姉さんにも……ちゃんと謝りますから」

遠見さんははっきりとそう言った。やっぱり、玲衣さんに謝るのは、ちょっと抵抗があるみたいだけれど……それでも、遠見さんの心境の変化は歓迎《かんげい》すべきことだと思う。これで玲衣さんは、遠見さんに怯えずに済むのだから。

俺は微笑《ほほえ》んだ。

「玲衣さんに謝ってくれるなら、俺も嬉しいよ。もちろん、以前みたいな嫌《いや》がらせは二度としないでほしいけれど……」

「もちろんしません！　だから……私のことを嫌いにならないでください」

「え？」

「わ、私……先輩《せんぱい》に嫌われたくないなって思ったんです」

「俺に？　どうして？」

「そ、それは私、先輩のことを……」

そこで言葉は止まってしまった。遠見さんは恥ずかしそうに、視線を泳がせる。

しばらくして遠見さんは、甘えるように俺を上目遣いに見つめた。

「ね、客観的に見ても、私って美少女だと思うんです。可愛《かわい》いって思いませんか？」

「まあ、正直に言えば、可愛いとは思うけれど」

「へ、へえ……そうなんですか」

遠見さんは照れたように目を伏せたけれど、でも、その表情は嬉しそうだった。そんな反応をされると、言った方の俺も恥ずかしいのだけれど……。

「なら、先輩が私とキスするのを拒《こば》む理由なんて、ないですよね？」

「でも、玲衣さんのことを思えば、そんなことはできないよ」

俺はそう言って、首を横に振《ふ》った。

いくら遠見さんが反省して、玲衣さんに謝ると言っても、これまで敵だったことには変わりない。それに、玲衣さんと夏帆《かほ》がいながら、遠見さんともキスするなんて、できるわけがない。

遠見さんは傷ついた表情をする。。

「姉さんのこと、大事ですか？」

「もちろん」

「やっぱり……姉さんが選ばれるんですね。お父さんも、みんなも、私より……姉さんのことを選びました」

遠見さんの顔に暗い影《かげ》が差す。そんな表情をさせるつもりはなかったけれど、でも、俺は遠見さんとキスするわけにはいかなかった。

「私はずっと姉さんみたいになりたかったんです。姉さんみたいに、完璧《かんぺき》で、特別で、みんなから注目されて、お父さんに愛される存在になりたかったんです」

それは遠見さんの本音なのだろうと思った。遠見さんにとって、玲衣さんは憎むべき相手であると同時に、憧《あこが》れと羨望《せんぼう》の対象でもあったのだと思う。

「遠見さんには……遠見さんの良いところがあるよ」

嘘《うそ》を言ったつもりはなかった。でも、言った直後に、自分でも説得力のないセリフだと思う。遠見さんは寂《さび》しそうに笑った。

「そうだといいんですけど」

「きっとそうだよ」

「姉さんより、私を選んでくれる、そんな人が現れてくれたら、私は私を信じることができると思うんです。まだ先輩は……姉さんか、佐々木《ささき》さんか、どちらかを選んでいないん

ですよね？　それなら、私にだってチャンスはありますよね」

「え？」

「私、姉さんには負けませんから。いつか……先輩にキスしてみせます」

遠見さんの顔から暗い表情は消えていた。くすっと笑うと、遠見さんは言う。

「ねえ、先輩、一つだけお願いしても良いですか？」

「一つだけ？　なに？」

「遠見さん、って呼び方、やめてください」

「え？」

「琴音、って呼んでほしいんです」

「どうしても？」

「どうしても、です」

そう言うと、顔を赤くして、瞳《ひとみ》は潤《うる》んでいた。

「そ、それは……」

「ダメですか？　キスする代わりのお願いなんです。ただの女友達だって、名前で呼びますよね？」

たしかに名前呼びだけなら、問題ない気がする。遠見さん——琴音のお願いを聞いても

いいのかもしれない。

「ね？　いいですよね。……は、晴人《はると》先輩」

俺はびっくりして琴音を見つめた。琴音はどきどきした様子で、期待するように俺を見つめる。

「もしダメって言っても、私は先輩のことを、『晴人先輩』って名前で呼びますから」

「どうして、そこまで名前呼びにこだわるの？」

「……『遠見』って名字、嫌《きら》いなんです。みんな、私のことを『あのお金持ちの遠見家の娘《むすめ》』という目で見ます。私自身には……何の価値もなくて、価値があるのは遠見家。そういうことでしょう？」

「そんなことないさ」

「それは嘘ですよ。『遠見さん』って呼ばれるかぎり、私は遠見家の人間だってことを嫌でも自覚してしまうんです。でも……『琴音』って名前なら、お父さんとお母さんがつけてくれたこの名前なら……」

自分自身にも価値を見出《みいだ》すことができるかもしれない。琴音はそう言いたいのだろう。

琴音は不安そうに揺れる瞳で俺を見つめる。

「だから、先輩には『琴音』って私を名前で呼んでほしいんです。本当に、私には私なり

の良いところがあると思ってくれるなら、たった一つだけ、私のわがままを聞いてくれませんか？」

しばらく考えて、結局、俺は折れてしまった。琴音が遠見の名前を嫌う理由も、理解できたからだ。

「あー、うん。わかったよ。……琴音」

俺が名前を呼ぶと、琴音はびくっと震え、顔をぱっと輝《かがや》かせた。

その表情が本当に嬉しそうで……そして可愛くて、俺はどきりとする。

「ありがとうございます。は、晴人先輩が名前を呼んでくれて嬉しいです」

「え、えっと、そんなに大したことではないと思うけど……」

「晴人先輩が『琴音』って呼んでくれることに意味があるんです。でも、これだけじゃ終わりませんから」

そして琴音は顔を赤くして、部屋のなかのベッドを指さした。ベッドは一つしかない。

「一緒《いっしょ》に寝ましょう、晴人先輩」

「そ、そんなわけにはいかないよ。さっきも言ったけど、俺は床で寝るから……」

「私を助けてくれた晴人先輩を床で寝させるなんて、そんなことできません！」

「俺は琴音と一緒に寝る方が気になるよ……」

「恥ずかしがらないでください。同じベッドで寝るだけです。姉さんとだって、一緒に寝たことあるんでしょう？」

「あー……」

たしかに玲衣さんが寝床《ねどこ》に忍《しの》び込《こ》んで、そのまま翌朝になってしまったことがあったと思う。俺が口ごもっていると、琴音がジト目で俺を睨む。

「本当にあるんですね？」

「な、何もしていないよ。本当に一緒に寝ただけで……」

「ふうん……本当かなあ」

「と、ともかく、一緒に寝るのはなしだから！」

「……まあ、今日のところは許してあげます。でも……いつか、先輩と一緒のベッドで寝るような関係になってみせますから」

「それって……」

「先輩の想像通りの意味です」

琴音は小さな声で恥ずかしそうに言い、ふふっと笑った。

☆

遠見琴音。それが私の名前。

私は遠見家の娘だ。

遠見家は大企業《きぎょう》のオーナーで、私の生まれた小さな地方都市では、一番の大金持ちだった。それに、私は誰の目から見ても、可愛らしい女の子だった。

だから、周りはいつも私のことをちやほやした。

私は、幼い頃は自分が幸せだと思っていた。

穏《おだ》やかでかっこいい父と、優しくて美人の母がいて、いつも私のことを守ってくれていた。

母が「琴音」と名前を呼んでくれるとき、私はいつも嬉しい気持ちになった。

私は父のことが大好きで、幼稚園児《ようちえんじ》のときに「お父さん、私のこと好き?」と聞いたことがある。父はクスクス笑いながら、「琴音は僕《ぼく》の人生の全《すべ》てだよ」と言い、優しく頭をなでてくれた。

私は自分が世界で一番幸せだと信じて疑わなかった。

けれど、それは偽《いつわ》りだった。

一つ年上の腹違《はらちが》いの姉がいる。それを知ったとき、私の世界は暗転した。

私が小学生のとき、父は突然《とつぜん》、家を出ていった。

父には、美人でハーフの愛人がいたのだという。

二人のあいだには隠《かく》し子がいて、それが私の姉の水琴《みこと》玲衣だった。

父は愛人と姉さんを選んだ。つまり、私と母は捨てられたのだ。

そして、父は愛人とその娘をつれて外国に行く途中、事故死した。

私にはわからなかった。

私のことを大事だと言ってくれた父の言葉は嘘だったのだろうか。

残された母の心は壊れた。母を慰《なぐさ》めようとした私は、錯乱《さくらん》した母に突き飛ばされ、暴力を振るわれた。すでに母の目には正常な世界は映っておらず、私のことも誰だかわかっていないようだった。

やがて母は自殺した。

絶望する私の前に、一人の少女が現れた。それは私の異母姉だった。

姉さんは、つまり水琴玲衣は両親を失い、遠見家に引き取られてきたのだ。

姉さんは銀髪碧眼《ぎんぱつへきがん》の美しい少女だった。

もしかすると、周りの誰よりも可愛いと褒《ほ》められてきた私よりも。

その日本人離《ばな》れした美しさは、私と母から父を奪《うば》った女の血が入っている証拠《しょうこ》だった。

姉さんをひと目見て、心に憎しみが宿るのを抑えられなかった。

私は両親を失い、祖父のおかげで生活にこそ不自由しなかったが、家族と呼べるような存在はいなかった。

遠見家の跡継《あとつ》ぎは父の弟、つまり私の叔父《おじ》に決まり、そうなってみると、周りの人間達はみな私に対する関心を失ったようだった。

私がちやほやされていたのは、遠見家の次期当主である父に対するご機嫌《きげん》取りでもあったのだ。

それがわかって、私は周囲のことが信じられなくなった。

私は唯一無二《ゆいいつむに》の存在でもなんでもない。

たった一人の父親にすら捨てられてしまうような惨《みじ》めな存在なのだ。

私は姉さんとともに、遠見家で孤独に育った。

姉さんは愛人の子として遠見家でこそ冷遇《れいぐう》されていたけれど、家の外に出てみれば、その銀髪碧眼の美貌《びぼう》は人目を引いた。

自分で言うのも変だが、私だってかなりの美少女なのに、姉さんと並ぶと、どうしても外国の血を引く姉さんのほうが目立ってしまう。

そのことも、私の姉さんに対する憎しみを強めた。

一方の姉さんは私に対して怯《おび》えと罪悪感を覚えていたようで、私を避け続け、そのことも私を苛立《いらだ》たせた。

私は中学生になると、様々な嫌がらせを姉さんにするようになり、周りはそれを黙認し、姉さんも耐《た》え続けた。

だけど、姉さんが高校生になった冬、とうとう姉さんは屋敷《やしき》から逃《に》げ出すことになる。

私はとどめの一手として姉さんを不良グループに襲《おそ》わせようとした。

そうして、姉さんの心を壊すつもりだった。

けれど、その計画は失敗した。

姉さんのクラスメイトの男がかばったのだという。

しかも、姉さんはその男子生徒の家に転《ころ》がり込んでいるらしい。

秋原《あきはら》晴人というのが、彼《かれ》の名前だった。

彼は私と姉さんのはとこだという。

私は驚《おどろ》いて姉さんの様子を見に行くと、姉さんは恥ずかしそうにしながら、秋原という先輩の隣《となり》にいた。

許せない……、と私は思った。

私は姉さんを絶望させようと思ったのに、どうして男と幸せそうにしているのか。

私から両親を奪った姉さんに、そんな権利はない。

もちろん、姉さんは悪くないと理屈《りくつ》ではわかりながらも、私はそう思ってしまった。

だから、私は姉さんと秋原晴人を引き離そうとした。

でも、それはうまくいかなかった。

秋原晴人という先輩は、温和そうな見た目に反して、私が思っているよりもずっと強い人だった。

私の脅《おど》しにいつも言いなりだった姉さんが、晴人先輩の説得で、彼のもとにとどまることを選んだ。

遠見の力を使うと脅しても、晴人先輩はまったく動じなかった。

私は姉さんのことも先輩のことも後悔《こうかい》させると言いながら、この先輩のことが気になり始めた。

こっそり二人の跡《あと》をつけていたとき、私は晴人先輩と姉さんがキスをしているのを見てしまった。

姉さんは顔を赤くしながらもとても幸せそうで、私が見たことのないような綺麗《きれい》な微笑みを浮《う》かべていた。

ずるい……。私はそう思ってしまった。

私は孤独なままなのに、どうして姉さんは好きな相手と一緒の家に住むことができるのか。

そして、姉さんは晴人先輩をつれて屋敷に戻《もど》ってきた。

私はチャンスだと思った。

姉さんと先輩を引き離すのに暴力を使う必要はない。

私が先輩の心を手に入れれば、姉さんにとっての一番の打撃《だげき》になる。

だから、私は先輩を誘《さそ》って屋敷の外の夜道へと出た。

その結果が、私と先輩の誘拐《ゆうかい》だった。

軽率《けいそつ》なことをしたと思う。

男に襲われそうになって、みっともなくわんわんと泣いて、先輩に守られて、そして私ははじめて気づいた。

姉さんに対する憎しみが、いつのまにか嫉妬《しっと》に変わっていたことに。

姉さんと晴人先輩の関係に私は惹《ひ》かれていたのだ。

どんな脅威《きょうい》からも守ってくれる、心強い相手。

同じ家に住んで、自分の話を聞いてくれる。

そんな存在が姉さんにとっての晴人先輩で、私もそんな相手が欲《ほ》しいと思ってしまった。

私は家族が欲しかったのだ。

いま、私と先輩は同じ部屋で二人きりで寝起《ねお》きしている。

私が想像していたとおり、先輩は優《やさ》しかった。

ふたたび男に襲われそうになった私を守ってくれて、名前で呼んでほしいなんてわがままも聞いてくれた。

誘拐犯たちの出す食事は量が少なくて、不足気味だったけれど、先輩は私を優先して食べさせてくれた。

私が断ろうとしても、先輩は「俺は平気だから」と微笑むのだ。

いつ殺されてもおかしくないと私は不安で仕方がなくて、でも、私が弱音を吐《は》いても、先輩はいつも受け止めてくれた。

狭《せま》い部屋に二人きりだけれど、私は幸せだった。

両親を失って以来、豪華《ごうか》で広い屋敷の部屋に、私はたった一人で放置されていた。

でも、今は違う。

先輩がいるから。

姉さんのことなんて無関係に、私は先輩のことが好きになっていた。

私は姉さんにも佐々木先輩《せんぱい》にも、先輩をとられたくなかった。

監禁《かんきん》されてから時間が経《た》ち、翌朝になった。

私はベッドで寝《ね》て、先輩は床《ゆか》で眠《ねむ》っている。本当は私が床で寝て、先輩にベッドで寝てほしかったのだけれど……先輩がどうしても床で寝ると言い張ったので仕方がなかった。

一番いいのは……先輩が私と同じベッドで寝てくれることなのだけれど。でも、それは先輩が受け入れてくれない。私が勇気を出して「キスしたい」とねだったのに、それも断られてしまった。先輩には……姉さんがいるからだ。

心がちくりと痛む。

私は起き上がると、ベッドから下りて、先輩の寝顔《ねがお》を眺《なが》めた。先輩はよく見ると、整った顔立ちをしているな、と思う。無防備に眠る先輩を見つめながら、この時間がずっと続けばいいのに、と願ってしまう。

今、この瞬間《しゅんかん》だけは、姉さんも佐々木さんも、他の誰もここにはいない。先輩と私の二人きり。

「ね……先輩。キスしていいですか?」

眠る先輩に、私はささやく。本当にしてしまおうかな……。先輩が眠る今ならできる。

そうすれば……私も姉さんと同じになれる。でも、私は決心ができなかった。

「何度も言っているけど、それはダメだからね」

「ひゃっ、きゃあっ」

私はびっくりして悲鳴を上げた。目の前の先輩は目をぱちりと開けて、微笑んで私を見つめている。

「お、起きてたんですか？」

「ごめん。途中からね。寝たふりをしていたつもりはないんだけど……」

ということは、「キスしていいですか？」という言葉も聞かれていたということで……。

私は途端《とたん》に恥ずかしくなる。

先輩は起き上がると、くすっと笑う。

「おはよう、琴音」

「お、おはようございます、晴人先輩」

私はどぎまぎする。こんなふうに「おはよう」って挨拶《あいさつ》すると……なんだか……。

「家族みたいですね」

「え？」

「わ、忘れてください」

「う、うん……」

先輩も恥ずかしそうにちょっと顔を赤くする。先輩も照れてくれて少し嬉しい。

「えーと……とりあえずシャワーを浴びてくるけど、何かあったらすぐ呼んでね」

そう言うと、先輩は立ち上がって浴室に行ってしまった。「何かあったら」というのは、また私が襲われることを心配してくれているのだと思う。

でも、私は思いついてしまう。

先輩は私のアプローチを受け入れてくれないけれど……先輩が逃げられない場所で迫ればどうだろう？

シャワーを浴びているとき、先輩は裸《はだか》だ。そこに私も一緒に入ればいい。

いや、でも、さすがに……問題があるかな。はしたないって思われたらどうしよう？

それに……先輩も男の子だし……もし先輩が私を襲おうとしたら……。

私は首を横に振った。先輩はそんなことをしたりしないと思うけれど、それならそれで望むところだ。このぐらい積極的にならないと、姉さんには勝てない。

「だから、私も……一緒に入っちゃいますからね、先輩？」

独り言をつぶやくと、私はスカートに手をかけて、静かに床に落とした。

第八話　姉vs妹 ——— chapter.8

監禁された日の翌日。

解放される見込《みこ》みはないままだけれど、とにかく琴音《ことね》に危害が加えられなくて良かった。

ただ、困ったのは琴音と一緒の部屋で二人きりであることだ。

同じベッドで寝たりはしていないけれど、それでも中高生の男女二人きり。しかも、琴音は俺にキスしてほしいなんて言っている。

琴音が玲衣《れい》さんへの意趣《いしゅ》返しで行動しているのか、わからなくなってきた。それとも本気で俺に好意を持ってくれているのだろうか……。

仮にそうだとしても、俺は琴音の気持ちに応《こた》えることはできない。

琴音は玲衣さんの妹で、俺は玲衣さんのことが好きなのだから。

少し、一人で考える時間が欲《ほ》しかったから、シャワーはちょうどいい。

シャワーを浴びていたら、琴音も入ってこないだろう。

けれど、その認識《にんしき》は甘かった。

ガシャ、と浴室の扉《とびら》が開く。

振り返ると、そこには琴音がいた。

身につけているのは、バスタオル一枚のみだった。

「こ、琴音⁉」

「私もシャワーを浴びに来ちゃいました」

琴音はくすっと笑うと、俺を上目遣いに見つめた。

その顔は恥ずかしそうに朱色に染まってる。

さすがに裸ではないのは、そこまで思いきることができなかったということだろう。

でも、シャワーを浴びるなら、いずれはタオルを取ることになる。

「だ、ダメだよ」

「私は気にしませんよ？」

琴音は浴室に入り、俺のすぐ目の前に来た。

俺が浴室から逃げ出そうにも、狭い浴室だから、琴音が入り口をふさいでいる。

ただ、このままではまずい。

俺は裸で、琴音もほとんど裸。

なにか起こる前に琴音には出て行ってもらわないといけない。

俺はシャワーの温度を冷水に変え、琴音の足元に向けた。

ひゃっと琴音は小さく悲鳴を上げ、頬《ほお》を膨《ふく》らませて俺を睨《にら》んだ。

「晴人《はると》先輩の意地悪……」

「えーと、ここから出ていってほしいな。そうじゃないと、次は琴音の身体全体に冷水をかけることになる」

ふふっと、琴音は笑った。

「先輩はそんなことしないでしょう?」

「俺は本気だよ」

「先輩は優しいから、私が風邪《かぜ》を引くようなひどいことをしたりはしないはずです」

琴音の言うことは、図星だった。

足にかけるぐらいならともかく、さすがにバスタオルごと冷水をかけたりするつもりはなかった。

ただの脅しだと見抜《みぬ》かれてしまったのだ。

琴音は目を輝かせて、俺に迫った。

俺は思わず後ずさろうとして、そして床の洗面台に足をひっかけた。

シャワーヘッドが手から滑《すべ》り落ち、思わぬ方向へと向く。

狙《ねら》ったわけでもないのに、冷水が琴音に直撃《ちょくげき》した。

「きゃあああああああああああ！」

琴音が悲鳴を上げる。

俺は慌《あわ》ててシャワーを止めたけれど、その頃《ころ》には琴音はもうずぶ濡《ぬ》れだった。

俺は琴音を見て、どきりとした。

水を含《ふく》んだバスタオルが琴音の身体にぴったりとくっついて、身体のラインをほとんどそのまま露《あら》わにしている。

琴音はがたがた震《ふる》えていた。

もともと冬なのに、冷水を浴びれば当然だ。

「ご、ごめん」

「晴人先輩がわざとやったわけじゃないのはわかりますけど、さすがに寒いです……責任をとって、先輩が温めてくださいね？」

「お、俺が温める⁉」

「私を抱《だ》きしめてくれればいいんです」

「そ、それはダメだよ？」

「どうしてですか？　晴人先輩だって、本当は私の身体を抱きしめたいんでしょう？　さ

っきから先輩、私の身体に目が釘付《くぎづ》けでしたよね」

琴音は震えながらもいたずらっぽく笑った。

琴音は恥じらいながらも、俺に一歩近づいて、耳元に口を近づけた。

「ねえ……晴人先輩」

俺は琴音を拒絶《きょぜつ》しようと思ったけれど、逃げ場がない。

それと同時に「えいっ」と琴音は俺に正面から抱きついた。

形の良い胸の膨らみが、俺に押し付けられる。

目の前を見ると、琴音の胸が俺の胸板《むないた》にあたり、つぶれていた。

ひんやりとした心地《ここち》よい感触《かんしょく》がする。

「先輩の身体、温かいです」

「早く熱いシャワーを浴びたほうが良いと思うけど……」

「私は、こうしていたいんです」

そう言って、琴音は俺に顔を近づけ、頬ずりをした。

幸せそうな顔の琴音は、そのまま俺にささやきかけた。

「先輩、キスしてください」

「さっきも言ったけど、それはダメだよ」

「私に冷たいシャワーを浴びせたお詫《わ》びにキスしてください！　そうしないと許しませんし、先輩から離れませんから！」

このまま琴音がひっついたままだと、俺の理性がもたなそうだ。

俺の身体は熱を帯び、今すぐにでも琴音をどうにかしてしまいそうだった。

「先輩の望み通りにしていいんですよ。私にキスしてくれても、もっとすごいことをしてくれても……」

琴音はそのまま、俺の背中に手を回し、そしていたずらっぽく微笑んだ。

琴音の身体の柔《やわ》らかい部分があたり、俺は体温が上がるのを感じる。

このままではダメだ。

「琴音は……玲衣さんの妹だから」

「その妹とこんなふうにほとんど裸で抱き合っているわけですよね？」

「琴音のせいでね。浴室から出て行ってほしいな」

俺が言うと、琴音は俺をじっと見つめる。

「……先輩が姉さんのことを好きなのは、わかってます。でも、今ここにいるのは、私だけなんです」

「確かに、今、ここにいるのは琴音だけだよ。でも、屋敷に戻れば玲衣さんが、夏帆《かほ》たち

がいる」

「無事に戻れるかどうかもわからないじゃないですか。だったら……」

「必ず琴音は俺が屋敷へと無事に戻すよ。約束する」

俺がはっきり言うと、琴音は目を瞬《まばた》かせた。そして柔らかく微笑む。

「先輩、かっこいいですね」

「からかわないでよ」

「本気で言っています。先輩は私のことを守ってくれましたし……かっこいいなって思っているんです」。

「えーと、ともかく、琴音も……自分を大事にしなよ。こんなことするべきじゃないよ。俺なんか相手に……」

「先輩だから、しているんですよ？」

「玲衣さんから俺を奪うために、バスタオル一枚で、男の人とお風呂《ふろ》に入ったりしません」

「そんなことのために？」

「なら、どうして……？」

「わかっているくせに。先輩は意地悪ですね」

琴音は頬を赤らめて、目を伏《ふ》せる。鈍《にぶ》い俺でもわかる。琴音は俺のことが好きで、それ

が理由だと言いたいのだ。

琴音が急に俺の腕《うで》を引っ張った。そして、俺の唇《くちびる》に自分の唇を重ねようとする。

俺は慌てて止めようとして、琴音の身体《からだ》に手を回して制止した。キスは防げたけれど……。

「えへへ……先輩に抱きしめられちゃいました」

俺の手が琴音の腰《こし》に回され、まるで俺から琴音をハグしたかのような体勢になる。しまった……と思ったけれど、もう遅《おそ》い。俺が手を放そうとすると、琴音はぎゅっと俺にしがみついた。

「キスするのがダメなら、せめて少しだけ抱きしめていてほしいんです」

琴音が甘《あま》えるようにつぶやく。その身体は本当に華奢《きゃしゃ》だった。

大企業の令嬢《れいじょう》で、優等生で、そして玲衣さんにひどいことをするような冷徹《れいてつ》な少女。

それが琴音だ。

でも、俺の腕の中の琴音は普通《ふつう》の女の子だった。

この誘拐はどれぐらい続くのだろう？　このまま外部との接触《せっしょく》を絶たれ、二人きりで閉《と》じ込められていたら、互《たが》いが世界のすべてみたいになってしまう。

いつか本当に琴音との関係が取り返しのつかないことになるかもしれない。

ともかく、この監禁状態から抜《ぬ》け出せればいいんだけれど。
そのとき、予想外のことが起きた。
浴室の外から大きな音がした。
俺と琴音は顔を見合わせる。
この部屋の玄関《げんかん》の扉が開いたということだ。
誘拐犯《ゆうかいはん》の男たちがやってきたのかと思い、俺は警戒《けいかい》した。
男の一人は琴音を襲おうとしたし、油断も隙《すき》もない。
浴室の扉が開けられ、俺たちは互いから離れて、身構えた。
だが、やってきたのは、リーダー格の紳士《しんし》的《てき》な男の方だった。
「へえ、なるほど。君たちはそういう仲だったのか」
呆《あき》れたような男の声に、琴音は赤面した。
俺たちはほとんど裸で、風呂場《ふろば》で一緒にいたんだから、誤解されても当然だ。
でも、俺はそんなことなんてどうでもよくなるぐらい驚いた。
その男は一人の少女を連れていた。そこにいたのは、銀髪碧眼の美少女だった。
「玲衣さん……」
「晴人くん！　よかった、無事だったんだ……」

玲衣さんが大きく目を見開いた。制服のセーラー服姿だった。

「どうして玲衣さんがここに……」

俺の疑問に、男が答えた。

「首尾《しゅび》よく誘拐できてね。君たち二人を捜そうと家を出たのは健気《けなげ》なことだったが、自分も誘拐の対象になるとは思わなかったわけだ」

玲衣さんはつらそうに目を伏せた。

そうか。

玲衣さんは俺たちを捜してくれていたのか。

とはいえ、警察だって俺たちのことを捜しているだろうし、玲衣さん一人で見つけるのは困難だっただろう。

逆に俺たちが誘拐されて注目されているのに、警察の目を盗《ぬす》んで玲衣さんを誘拐できたということも不思議ではある。

もしかすると、誘拐犯たちは遠見《とおみ》家内部の人間とつながりがあるのかもしれない。それに、琴音だけじゃなくて玲衣さんまで誘拐する意図はなんだろう?

そこまで思い至ったところで、男は扉をガシャンと閉め、立ち去っていった。

俺たちは顔を見合わせた。

そして、玲衣さんがジト目で俺たちを睨む。

「あの……どうして晴人くんと琴音が、そんな格好でお風呂に一緒に入っているの？」

「これには事情があって……」

俺が口ごもると、玲衣さんは「ふうん」とつぶやいた。

「もしかして、わたしと佐々木《ささき》さんだけじゃなくて琴音とまで……」

「いろいろ、したんですよ」

琴音は嬉《うれ》しそうに言い、挑発的《ちょうはつてき》な笑《え》みを浮かべた。

玲衣さんはショックを受けていたようだったけれど、やがて立ち直ったのか琴音を睨んだ。

「いろいろって何？」

「いろいろは、いろいろです。女の子として、晴人先輩《せんぱい》にいろいろしてもらったんですよ？」

「まさか、キスしたりとか？」

玲衣さんが尋《たず》ねると、琴音は「うっ」と言葉に詰《つ》まって目をさまよわせる。琴音は俺とキスしようと何度もチャレンジしたけれど、俺が拒《こば》んでいるので、実現はしていない。

俺は玲衣さんと夏帆の両方とキスしてしまったけれど、さすがにさらに琴音にキスしたりはしない。

玲衣さんが「なーんだ」とほっとした表情になる。そして、俺に微笑《ほほえ》む。

「晴人くんと琴音、何もしていないんだ」

「もちろん。琴音とは何もしていないよ」

これが失言だということに俺はすぐに気づいた。玲衣さんの青い瞳《ひとみ》が大きく見開かれる。

「いま、晴人君……琴音のこと、下の名前で呼んだよね？」

「えーと、これは成り行きで……」

俺は冷《ひ》や汗《あせ》をかいた。玲衣さんからしてみれば、琴音はずっと自分を迫害《はくがい》してきた敵だ。その琴音と俺が仲良くしているなんて、許せないかもしれない。

琴音が「してやったり」という笑みを浮かべる。

「先輩を責めないであげてください、姉さん。先輩は優しいから、私のわがままを聞いてくれたんです」

「琴音が名前で呼ばせたのね」

「そうですね。私も先輩のこと、『晴人』先輩って呼んでいるんですよ？」

玲衣さんの青い瞳と琴音の黒い瞳が熱い火花を散らし、視線が交差する。俺は見ていて、はらはらした。

玲衣さんが琴音を見つめる。

「……琴音はわたしのことが嫌いだから、わたしから晴人くんを奪おうとするんだ。そうでしょう？」

「そうだとしたら？」

「絶対に……晴人くんは渡《わた》さない！」

「きっとそう言うと思っていました。でも、姉さんは誤解しています」

琴音はバスタオル姿のまま、玲衣さんに近づいた。

そして、ぺこりと頭を下げる。

「姉さんをひどい目に遭わせようとしたことは、謝《あやま》ります」

「え……？」

「私も同じような目に遭って、思ったんです。こんな方法で姉さんに仕返しするべきじゃないって」

「だから、代わりに晴人くんに迫《せま》ることにしたってこと？」

たしかに、そうなのかもしれない。

琴音が玲衣さんに向ける憎悪《ぞうお》からすれば、玲衣さんの好きな人——俺を奪おうとするということもありうるのかもしれない。

けれど、琴音はゆっくりと首を横に振《ふ》った。

「晴人先輩には姉さんじゃなくて、私を選んでほしいと思っています。でも、それは姉さんへの復讐《ふくしゅう》のためなんかじゃないんです」

琴音はまっすぐに玲衣さんを見つめていた。

「私、晴人先輩のことが好きになっちゃったんです」

琴音は顔を赤くして、とても嬉しそうに微笑んでいた。

琴音が俺を好きだと言ったことに対して、玲衣さんは衝撃《しょうげき》を受けたように固まっていた。

琴音は玲衣さんから離れ、今度はそのまま、俺に近づいてきた。琴音はバスタオル姿のままで、恥《は》じらうように顔を赤くしている。

俺は目のやり場に困って、目をそらした。

その一瞬《いっしゅん》のすきを突《つ》いて、琴音がぴょんと跳《は》ね、俺に抱きつこうとした。

「せ、ん、ぱ、い♪」

琴音が甘く俺の名前を呼ぶ。俺は間一髪《かんいっぱつ》で琴音をかわし、琴音はそのまま浴室の壁《かべ》にごちんとぶつかった。

琴音が俺を振り返り、ちょっと恨《うら》めしそうに俺を見つめ、それからくすっと笑う。

「ひどいです、先輩」

「いきなり抱きつこうとするからだよ……」

「さっきは私のことを、あんなに情熱的に抱きしめてくれたのに」

「あ、あれは事故で……」

ちらりと玲衣さんを見ると、玲衣さんは衝撃から回復したようで「ど、どういうこと？」と俺と琴音を見比べている。

一方の琴音を振り返ると、壁際に追い詰められた格好になっている。琴音はにやりと笑った。

「……先輩？　姉さんの前で私のこと、そんなやらしい目で見ていていいんですか？」

「見ていないよ」

「先輩の嘘《うそ》つき」

琴音はわざと上半身を少し動かした。するとその柔らかそうな膨らみが、小さく揺《ゆ》れる。

俺はついそれを目で追ってしまい、それから赤面した。

「先輩も男の子ですものね。仕方ないですよ」

「なんというか……ごめん」

「でも、私は先輩のそういうところも、嫌《きら》いじゃないですよ？」

琴音はくすくす笑い、そして玲衣さんに向き直った。

「ねえ、姉さん。先輩の身体って、とっても温かいんですよ。知ってました？」

琴音の言葉に玲衣さんはかあぁっと顔を赤くした。そして、頬を膨らませる。

「わ、わたしだって、晴人くんに抱きしめてもらったことぐらいあるもの」

「でも、私は先輩と一晩、同じ部屋で寝たんですよ。これってどういう意味か、わかります?」

「ま、まさか……」

玲衣さんがさあっと青ざめる。まずい。誤解されている。

俺と琴音がいかがわしいことをしたなんてありえない。冷静に考えれば、玲衣さんにだってわかるはずなのだけれど、玲衣さんは冷静ではなさそうだった。

俺は慌てて説明しようとしたが、琴音がすっと細い人差し指で俺の唇を塞《ふさ》いだ。

「こ、琴音……んっ」

「今朝の先輩の寝顔、可愛《かわい》かったです♪」

玲衣さんは口をぱくぱくとさせ、俺と琴音を指差した。

「寝ているって、まさか、そういうことをしてるってこと……?」

「先輩のことを責めないであげてください、姉さん。二人きりで、命の危険にさらされていたら、そういう関係にもなってしまいます」

琴音は愉快《ゆかい》そうに言った。

明らかに誤解されるように言葉を選んでいる。

たしかに俺と琴音は一緒《いっしょ》の部屋で寝たけど、俺は床で琴音はベッドの上だ。やましい関係では一切《いっさい》ない。

「姉さんはまだ、先輩と寝たことはないんですものね？」

玲衣さんはもう涙目《なみだめ》になっていて、何も言い返せず、「ううっ……」とつぶやいていた。

さすがに玲衣さんが可哀想《かわいそう》だし、琴音の嘘も度が過ぎている。

俺はぽんと琴音の頭に手を置いた。

「あっ……」

琴音はびくっと震え、顔を赤くして、上目遣《うわめづか》いに俺を見つめた。

……そういう可愛い反応をされると、俺が困ってしまう。俺が床で寝ていたという一連の経緯《けいい》を玲衣さんに説明すると、玲衣はほっとした表情であっさり納得《なっとく》してくれた。

それから、俺は琴音のほうを振り向く。

「何もしていないのに、あんまり誤解を招くようなことばかり言わないでよ」

「すみません……。でも、一つだけ誤解じゃないことがあります」

「え？」

「私が……先輩のことを好きなのは本当ですから」

琴音は頬を紅潮させて、綺麗な声でそう告げた。

綺麗な黒色の瞳に見つめられて、俺はどきどきする。

こんな美少女が俺のことを好きと言ってくれるのは嬉しいけれど、でも、俺には玲衣さん、そして夏帆がいる。

俺が返答に詰まっていると、琴音は目を伏せて、小声で言う。

「告白の返事は……いりません。だって、先輩が私より姉さんのことを好きなのは知っていますから」

「だけど……」

「でも、私は姉さんに負けたりしません。いつか先輩の一番になるんですから！」

透《す》き通った声で、琴音は言い切った。

それは俺に対する言葉でもあり、玲衣さんに対する言葉でもあるようだった。

琴音はつかつかと玲衣さんの前へと進んだ。

「姉さん。姉さんは晴人先輩のこと、好きですか？」

「……っ！　わ、わたしも晴人くんのことが好き。ううん、大好きなの」

「そうですよね。だから、姉さんは私の敵。でも、それは昨日までとは違《ちが》った意味での敵です」

「恋敵《こいがたき》ってことよね？」

玲衣さんは小さくつぶやき、琴音は微笑んでうなずいた。

「姉さん、それに晴人先輩。覚悟《かくご》しておいてくださいね？」

玲衣さんと琴音はしばらく睨み合っていた。

二人は姉妹で、そして、恋敵なのだという。

しかも、二人の恋愛《れんあい》の対象は、俺なのだ。

俺がうろたえていると、急に玲衣さんが俺の腕をとり、ぎゅっとしがみついた。

「れ、玲衣さん⁉」

玲衣さんは正面から俺の腕を抱きしめていて、つまり玲衣さんの胸が思い切り俺に当たっている。

「晴人くんは渡さないもの！」

琴音はくすっと笑うと、玲衣さんと同じように俺の腕をとり、胸を俺の腕にくっつけた。

まだバスタオル姿だから、胸の質感がダイレクトに伝わってくる。

「あの……玲衣さん……琴音……胸が……」

「『当ててるの』」

二人の声が綺麗にハモった。

さすが姉妹……と言うべきなんだろうか。

玲衣さんがいたずらっぽく微笑む。

「わたしのほうが琴音より胸が大きいし……晴人くんは大きい方が好きだものね？」

「わ、私は成長途中《とちゅう》なんです！　姉さんにいつかは勝つんですから！」

二人が言い合う。

どうしよう？

監禁が続くなら、これから三人でこの部屋で暮らさないといけないのに？

しかもベッドは一つだ。

幸いベッドは無駄《むだ》に大きいので、玲衣さんと琴音の二人で一つのベッドに寝ることも不可能ではないけれど。

玲衣さんと琴音はまだ言い合いを続けてた。

「わたしは晴人くんと一緒にお風呂に入ったこともあるし」

「それだったら、私だってさっき一緒にシャワーを浴びました！」

「でも、わたしと晴人くんは同じ浴槽《よくそう》で身体を密着させて入ったこともあるの」

愕然《がくぜん》とした様子で琴音が俺《おれ》を見つめる。

たしかにそんなこともあったけれど、いつもやっているわけじゃない上に、そのときは

夏帆もいたし、一瞬のことだったんだけれど……。

琴音がジト目で俺を睨む。

「いいんです……お屋敷《やしき》に戻《もど》ったら、私もいろいろするんですから」

いろいろってなんだろう？　とは俺は聞けなかった。

ともかく、屋敷に戻ることが重要だ。

ここにいる限り、誘拐犯に自由を奪《うば》われているし、いつ命を落としてもおかしくない。

「琴音……とりあえず、服を着てくれる？」

「先輩が着せてくれるならいいですよ？」

「俺が？」

「はい。裸の私にブラジャーをつけて、ショーツをはかせて、そのうえにブラウスを羽織らせて……やってみたくありません？」

「俺にはできないよ」

玲衣さんの見ている前だ。そんなこと、できるわけがない。

けれど、琴音は俺から一歩身を引いた。バスタオル姿の琴音が隠《かく》れるところなく見えてしまう。琴音は恥ずかしそうにうつむいていた。

俺は慌てて目をそらす。

「私……先輩になら、どんな恥ずかしい格好でも、たとえ裸でも見られたって平気です。それぐらい、先輩のことが本気で好きなんです」

「ありがとう……でも、服は着てほしい。そうじゃないと俺が冷静でいられないから」

「冷静でなんて、いないでほしいです。姉さんのいる前で、私を襲《おそ》ってくれてもいいんですよ？」

俺は赤面し、そして、首を横に振った。

「俺は何もしないよ」

もう一度言うと、琴音は上目遣いに俺を見つめ、そして、諦《あきら》めたのか、タオルで身体を拭《ふ》き、下着を身に着けはじめた。でも……その姿もかえって扇情的《せんじょうてき》で、琴音がピンク色のかわいらしい下着を着けている姿を思わず見てしまった。

俺は慌てて振り返ると、玲衣さんは顔を真赤《まっか》にしていた。

「晴人くん……」

「ご、ごめん」

「ま、負けないんだから！　わたしも……晴人くんにだったら何をされてもいいの……だから……」

玲衣さんは俺にしなだれかかり、俺は玲衣さんの甘い香《かお》りにくらりとした。

「琴音に晴人くんを渡したりなんかしない……」

玲衣さんは青い瞳を潤《うる》ませていた。

気づくと、琴音が下着姿のまま俺に近づいてきていた。

「ずるいです……私にも甘えさせてください……」

そして、琴音がそっと俺に身を寄せた。

そのとき、部屋の扉が開いた。そこにいたのは誘拐犯の男たちだった。

慌てて、琴音が飛び退《すさ》り、警戒するように、両手で身体を隠した。

男たちはトレイを持っていて、要するに朝食をくれるということらしい。

「やれやれ、お盛んなことだな……」

紳士的な男のほうが、肩《かた》をすくめ、俺に朝食のコーンフレークの載《の》ったトレイを渡した。

その弾《はず》みに男のポケットから何かが落ちる。名刺《めいし》入れ、のようだった。俺はそれを拾い上げ、驚《おどろ》いた。

そこにあった名刺は、遠見グループ関連企業《きぎょう》の役員のものだったからだ。

俺は名刺入れを誘拐犯に返した。誘拐犯の男はうろたえた様子で、それをひったくるように受け取った。

名刺は一枚だけではなかった。

つまりこれはこの男自身のものということになる。男たちは慌てて部屋を出て行った。

玲衣さんと琴音は顔を見合わせていた。

「なんか……様子がおかしかったよね？」

と玲衣さんが言い、琴音もうなずいた。

男たちは挙動不審《きよどうふしん》だった。

加えて、遠見グループの令嬢を狙ったはずの誘拐《ゆうかい》に、遠見グループの役員が関《かか》わっているというのも妙《みよう》だ。

俺はしばらく考え、玲衣さんたちに部屋の外に行くと告げた。

「だ、大丈夫《だいじようぶ》なの？　もし部屋の外に勝手に行ったなんて知られたら……」

「あの男たちと話しに行くんだよ。大丈夫。俺の読みが正しければ、問題も解決するよ」

「うん……。でも、無理しないでね？　晴人くんがいなくなったら、わたし……」

玲衣さんが俺を上目遣いに見た。

俺はそっと玲衣さんの髪《かみ》に手を載せた。顔を赤くして玲衣さんがうつむく。

「姉さんだけずるいです！」

そういうと琴音は急に俺に抱きついた。

柔らかい感触があたり、俺がうろたえていると、琴音は顔を真赤にして俺を見つめていた。

「私も先輩のこと、心配しているんですからね？」

「ありがとう」

一方、玲衣さんは頬を膨らませて、俺と琴音を睨んでいる。

「琴音よりわたしのほうが晴人くんのことを好きなんだから！」

「……っ！　そんなことありません。姉さんより、私のほうが……！」

二人とも、俺のことを好きだと言ってくれる。

でも、俺にその価値はあるんだろうか？

ともかく、目の前の問題を解決しないといけない。

俺は部屋の外へと出た。

俺たちが誘拐され、閉じ込《こ》められているのは、どこかの別荘《べっそう》のような建物の四階だった。

一階の管理室のようなところに男たちはいるんじゃないか。

俺はそう思って、階段を下りていったけれど、男たちのほうからこちらにやってきた。

彼《かれ》らはなにか諦めた様子で、俺を見つめ、そして俺に丁重《ていちょう》に一礼した。

「こちらにお越しください」

誘拐犯たちは急に敬語になり、そして、俺を一階の広間のようなところに案内した。

その中央の赤いソファに、一人の老人が腰掛《こしか》けていた。

遠見総一朗《そういちろう》。

遠見グループの総帥《そうすい》にして、玲衣さんと琴音の祖父だ。

「やあ、秋原《あきはら》の息子《むすこ》よ」

「どうしてここにあなたがいるんですか？」

「想像はついておるのだろう？」

俺はしばらく黙《だま》り、そして遠見総一朗を見つめた。

「今回の一件はあなたが仕組んだことだったんですよね？」

遠見総一朗はうなずいた。

考えてみれば、不自然なことだらけだった。厳重な警備がなされているはずの遠見の屋敷のすぐそばで、俺たちはあっさりと連れ去られた。しかも、まるで俺たちの行動がすべて見えているかのように、あまりにも手はずよく誘拐が進んでもいる。

他にもいろいろあるが、決定打は遠見グループの名刺の件だ。

琴音の誘拐は、偽装《ぎそう》に過ぎなかったことになる。

「どうしてこんなことをしたんですか？」

「……琴音のためじゃよ」

「琴音の？」

遠見総一朗はニヤリと笑った。

しまった。ついうっかり、琴音を呼び捨てにしてしまった。

「琴音はいろいろあって性格が歪《ゆが》んでしまってのう。父親は事故で、母親は自殺でいなくなったし、遠見の屋敷の親族どもの影響《えいきょう》で傲慢《ごうまん》になってしまった。おまけに玲衣にもあれこれと嫌《いや》がらせをしておったようじゃし」

「あなたは……玲衣さんのことを……」

「大事な孫じゃよ。親族どもはあれの母親のことでいろいろ言うが、わしにとっては孫であることに変わりはない」

「それで、琴音に対するお仕置きとして今回の誘拐を仕組んだわけですか？」

「琴音はだいぶ怖《こわ》がっておったじゃろう？　これで、玲衣にも同じような嫌がらせをしようとは思わんじゃろう」

たしかに琴音は玲衣さんに対する嫌がらせを反省し、もうしないと言っていた。

誘拐犯のリーダー格の男も、粗暴《そぼう》だった男も、ガラリと雰囲気《ふんいき》が変わっていて、にこにこしている。

「我々もなかなか迫真《はくしん》の演技だったでしょう？　アカデミー助演男優賞をもらってもいいぐらいだ」

「秋原君たちには悪いことをしましたけれどね。ただ、本気で脅《おど》さないと琴音お嬢様《じょうさま》のためにもなりませんから……」

考えてみると、男たちは琴音に危害を加えるように見せかけていたが、すべて未遂《みすい》だった。演技だったと知った今では、彼らのセリフの言い回しに不自然な点もあったような気がする。

とはいえ、琴音に対する教育として、このやり方は迂遠《うえん》すぎるのではないか。

遠見総一朗は微笑んだ。

「それともう一つ狙《ねら》いがあってな。琴音は君に懸想《けそう》しておるじゃろう？」

懸想、という言葉の意味がすぐに出てこなかったが、異性に好意を持つ、という意味だったはずだ。

たしかに、琴音は俺のことを好きだと言った。

「琴音はもともと君に関心があったが、今回の一件でそれが明確になった」

「お孫さんの恋愛事情に口をはさんで何がしたいんです？」

「……遠見グループは良い後継者《こうけいしゃ》を得る必要があっての。ただでさえ経営が傾《かたむ》いているのだから」

「ええと？」

「じゃが、本家の男どもにはろくな人材がおらん。これはわしの教育の責任でもあるが……。能力以前に、怠惰《たいだ》で自分のことしか考えていない人間ばかり。そこで、前途《ぜんと》ある若者を婿《むこ》に迎《むか》え、後継者候補にするというわけじゃ」

俺はしばらく考え、そして遠見総一朗が何を言いたいのか、思い当たった。

玲衣さんはいわゆる私生児で愛人の子だ。だから、遠見家の後継者となるには問題があるし、他の親族も納得しないだろう。婿となる人物は、必然的に琴音と結婚《けっこん》することになる。

おそるおそる俺は尋ねる。

「……まさか」

遠見総一朗は目を細める。

「君は身体を張って、琴音を守ろうとした。これからもきっと琴音を守ってくれるだろう。そして、秋原の家の者に目をかけてやってくれ、というのは妹の遠子《とおこ》との約束でもある」

秋原遠子、つまり俺の祖母が、遠見総一朗とそんな約束をしていたとは初めて知った。だけど、それよりも重要なことがある。おそらく遠見総一朗が言い出そうとしていることは――。

「秋原晴人。君を琴音と婚約《こんやく》させようと思う」

遠見総一朗はそんなとんでもないことを口にした。

第九話 わたしだけ何もないの ―― chapter.9

ともかく、俺と玲衣《れい》さんと琴音《ことね》は、無事に遠見《とおみ》の屋敷に戻った。

というのも「誘拐犯」たちが俺たちを屋敷に帰したからだ。

もっともと遠見総一朗《そういちろう》の仕組んだ誘拐だったわけだけれど……。

帰りの車の中で、玲衣さんと琴音はきらきらとした目で俺を見つめていた。

どうやって誘拐犯からの解放を実現させることができたのか？

二人からそう聞かれて、相手の正体に気づいて、交渉《こうしょう》したんだよ、と説明した。

嘘ではないが、本当とも言えない。

仕組まれた誘拐だったことは、遠見総一朗から「黙っておくように」と言われていた。

遠見総一朗からすれば自分が黒幕だったと琴音たちに知られるわけにはいかない。

一方で、遠見家の権力は強大で、夏帆《かほ》と雨音《あまね》姉さんが遠見の屋敷にいるという状況《じょうきょう》を考えると、俺は遠見総一朗に逆らえなかった。

結果として、俺は玲衣さんたちに真相を話せていない。玲衣さんたちからしてみれば、

俺は誘拐犯に勝ったヒーローのように見えることになる。

騙《だま》しているようで心苦しいが、仕方ない。

それより問題なのは、俺と琴音を婚約させる、という件だ。

まだ遠見総一朗は正式に公表していないが、玲衣さんたちが知ったらどう思うか。

屋敷に戻ると、セーラー服の上に割烹着《かっぽうぎ》をつけた少女が出迎《でむか》えてくれた。

渡会奈緒《わたらいなお》さんという女子高生。住《す》み込みの使用人で、三つ編みの可愛い雰囲気の女の子だ。

渡会さんはぱぁっと顔を輝《かがや》かせ、俺たちを見つめた。

「お嬢様たちがご無事で良かったです。それに、秋原《あきはら》さんも」

「俺はともかく、玲衣さんや琴音が無事で本当に良かったよ」

「秋原さんのことも心配していたんですよ。それに、今、屋敷での秋原さんの株はすごく上がっているんですよ？　なにせ琴音お嬢様を救ったヒーローですから」

「俺はそんなんじゃないよ」

「でも、お嬢様たちからしてみたら、そうでしょう？」

玲衣さんたちを見ると、顔を赤くして目をそらしていた。

そういう反応をされると、俺が照れてしまう。

「……こないだまでは、先輩は姉さんをたぶらかした男扱《あつか》いでしたからね」

琴音のつぶやきに、俺はちょっと驚く。

屋敷での扱いがそんな感じだとは知らなかったけれど、まあ、たしかに玲衣さんが屋敷の離《はな》れに戻ってきたのと同時に、分家の男が同じ建物に住むようになったら、そう思われても当然だ。

「まあ、でも、今は違います。姉さんだけじゃなくて、先輩は私のこともたぶらかした男ですから」

琴音がくすっと笑って俺を見つめる。

使用人の渡会さんが興味津々《きょうみしんしん》といった感じで俺たちを眺《なが》め、玲衣さんは頬《ほお》を膨《ふく》らませていた。

俺は恥ずかしくなって、逃《に》げるように屋敷の離れへと戻った。

そこでは夏帆と雨音姉さんが待っていた。

夏帆は薄手《うすで》のワンピースの私服姿で、目に涙をためている。

そして、俺を見るとすぐに、俺に抱《だ》きついた。

「か、夏帆……」

「晴人《はると》……心配したんだからね？」

そう言って、夏帆は俺の胸に顔をうずめた。

甘《あま》い香りがふわりとする。

夏帆の身体《からだ》の柔《やわ》らかい感触《かんしょく》に、俺は赤面した。

「恋敵は姉さんだけじゃないんでした……」

琴音がつぶやく。

雨音姉さんはすべてお見通し、といった感じでクスクスと笑っていた。

夏帆は顔を上げて、俺を上目遣いに見た。

「遠見さんの恋敵ってどういうこと？」

「ええと、それは……」

俺がちらりと琴音を見ると、琴音が柔らかく微笑む。

「だって、私も晴人先輩のことが好きになっちゃいましたから」

「と、遠見さんまで晴人のことを好きになっちゃったの⁉」

「はい！　幼馴染《おさななじみ》の佐々木《ささき》さんには申し訳ありませんが、晴人先輩は私のものです」

「あたしは晴人の幼馴染だもの。負けるわけない！」

夏帆と琴音がバチバチと視線で火花を散らし、わいわい騒《さわ》いでいる。俺は自分の頬が熱くなるのを感じた。冷静に考えると、夏帆と琴音という二人の美少女が俺をめぐって争っ

ているのは、すごい状況だ。

雨音姉さんが俺の耳元に口を近づける。

「二人は忙《いそが》しいみたいだし、私が晴人君を可愛がってあげよっか？」

「雨音姉さん……からかわないでよ」

「ふうん？　私は割と本気なんだけれど」

どこまで本気かわからない感じで、雨音姉さんが微笑む。

ただ一人、玲衣さんだけは何も言わず、俺たちをじっと見つめていた。

そんな玲衣さんを、夏帆と琴音が振り返る。二人は言い争いをやめて、顔を見合わせると、うなずきあった。

「一番心配しないといけないのは、水琴《みこと》さんだよね」

「姉さんが抜《ぬ》け駆《が》けしそうで不安です」

夏帆と琴音が口々に言い、玲衣さんがびっくりしたような顔をする。

「わ、わたし!?」

「そうそう。放っておいたら、水琴さんが晴人の子どもを妊娠《にんしん》していたりしそうだもの」

夏帆がそんなとんでもないことを言う。玲衣さんは否定するかと思いきや、意外なことをつぶやいた。

「晴人くんの赤ちゃん、可愛いんだろうなあ……」

俺はぎょっとした。さすがにそれは気が早いのでは……。玲衣さん自身も口を滑《すべ》らせたことに気づいたのか、はっとした顔をして、みるみる顔を赤くした。夏帆も琴音もフリーズしている。玲衣さんがきょろきょろと周りを見た。

「い、今のは、その……」

「本音が漏《も》れたの？」

雨音姉さんがからかうように言い、玲衣さんは「ううっ」と小さくつぶやいて目を伏《ふ》せてしまう。

そこに、琴音が口をはさむ。

「せ、先輩《せんぱい》の婚約者《こんやくしゃ》は私ですよ？　先輩の子どもを産むのは私なんです」

「は、晴人が好きなのはあたしだもの。将来はあたしが晴人と結婚して……その、子どもを一緒に育てるんだから！」

夏帆も慌《あわ》てた様子で、首筋まで赤くして言う。

二人ともとんでもないことを口走っている自覚はあるんだろうか？

「そのうち五人で一緒にすることになったりして」

雨音姉さんがため息をつきながら言う。

……五人？　俺と玲衣さん、夏帆、琴音、あと一人は？

雨音姉さんはくすっと笑って、俺の耳元に口を近づけた。

「私に決まってるでしょ？」

どこまで本気かわからない感じだった。

ともかく、玲衣さんは不満そうだったが、夜に俺の部屋に忍《しの》び込むのは仕方なく諦めたみたいだ。

「提案があります」

琴音がよく通る声で言う。

俺も他のみんなも琴音を振り返った。

「今日だけじゃなくて、今後も同じことがあるかもしれません。つまり、姉さんだけじゃなくて、佐々木さんも、もしかしたら私も先輩の部屋に忍び込むかもしれません」

「それで？」

「不毛で不健全な争いになりますから、抜け駆けはやめましょう……といってもみんな守りませんから。だから、交代で先輩を監視《かんし》するのはどうでしょうか？」

「か、監視？　俺を？」

「はい。先輩と、交代で女子二人が同じ部屋に寝《ね》るんです。たとえば、先輩と姉さん、私。

またはは先輩と佐々木さん、それに雨音さん。こういう感じで同じ部屋にいれば、先輩に手出しはできませんから」

女の子二人と、俺が同じ部屋で寝起《ねお》きする？ 冗談《じょうだん》だろう、と思っていたら、他の三人も名案だと言わんばかりにうなずいていた。

「いい案だと思う。それに晴人と一緒にいられる時間も増えるし」

夏帆の言葉が、その場の総意を代弁しているようだった。

俺の意見などはお構いなしだ。

せっかくアパートと違って、一人の空間ができると思ったのに！

四人は話し合い、今日、俺と寝るメンバーとして、夏帆と琴音を選んだ。

雨音姉さんは微笑《ほほえ》んで、他の三人に譲《ゆず》ると言った。残る三人でじゃんけんをして、玲衣さんが負けてしまったらしい。玲衣さんは悔《くや》しそうに「うう……じゃんけん最強になりたい……晴人くんと一緒に寝たかったのに！」なんてつぶやいていた。

夏帆と琴音が俺に近づき、それぞれ両側からぎゅっと腕《うで》をつかんだ。

俺の腕に二人が抱きつく感じになり、そうすると二人の胸が俺の腕に当たる。

夏帆の胸は大きくて、琴音の胸は小さいけれど柔らかかった。

「晴人と一緒に寝られて嬉《うれ》しい！」

「よろしくおねがいしますね、先輩♪」

二人の美少女に挟《はさ》まれ、俺は冷《ひ》や汗《あせ》をかいた。

☆

落ち着かない。

夏帆と琴音の二人と同じ部屋で寝ることになった。

こんな状況で、普通《ふつう》に睡眠《すいみん》が取れるほど、俺は肝《きも》が据《す》わっていない。

しかも、二人は俺と同じ布団《ふとん》にいる。

「あの……夏帆、琴音」

「なに?」「はい!」

夏帆と琴音が同時にこちらを向く。

「なんで同じ布団で寝てるの?」

「だって先輩を監視しないといけませんから。他の女の子と……こんなことをしないように」

琴音がくすっと笑って、俺の腕に小さな胸をくっつける。

琴音は薄《うす》いネグリジェのような寝間着《ねまき》しか身に着けていなくて、その胸の感触と温もりがかなりはっきりと伝わってくる。

「だからって、同じ部屋にいるだけでも大丈夫なんじゃ……同じ布団で寝なくても」

「そうだよね。だから、あたしがそうしたいだけ」

夏帆は小さな声で言う。そして、微笑む。

ちょっと子どもっぽいパジャマを夏帆は着ていて、でも、胸元《むなもと》のボタンが一つ外れていて、胸の谷間が見えていた。

俺が顔を赤くしたのを見て、琴音が俺をつんつんとつついた。

「佐々木先輩《せんぱい》の……胸を見てました？」

「いや、そんなことしてないよ」

「嘘《うそ》つき。やっぱり大きいほうがいいですものね」

琴音はジト目で俺を睨《にら》んだ。

小さいのも悪くないよ！　なんて返したら、殺されそうな気がする。

琴音は俺にますますひっついた。

「そんなに大きくはないですけど……先輩にだったら、ちょっとぐらい触《さわ》らせてあげてもいいです」

俺がぎょっとすると、琴音は恥《は》ずかしそうに顔を赤くした。

そして、ネグリジェの胸元を指で少し広げ、俺に示す。

「ね……先輩？」

慌てたのは、俺よりも夏帆だった。

「ちょ、ちょっと待って！　抜け駆けは禁止でしょ!?」

「なら、佐々木先輩も晴人先輩に胸を揉《も》んでもらったらいいんじゃないですか？」

琴音がにやりと笑い、夏帆が顔を真赤にする。

「そ、そんなこと……できないよ」

「意外と純情なんですね。下着姿で晴人先輩に迫《せま》ったり、『晴人の初めてをもらうのはあたしなんだから』って叫《さけ》んだりしたって聞きましたけど」

「……そ、それは……」

「玲衣姉さんにとられちゃうぐらいだったら、いっそ私たち二人で晴人先輩の初めてをもらっちゃいます？」

夏帆はぱくぱくと口を開けていて、俺もふたたびぎょっとした。

「それって、あたしと晴人と琴音と三人で……」

「エッチをするんです」

琴音が真顔で言う。

うろたえる夏帆に、琴音が言葉を重ねる。

「私は……いつでも平気ですよ？　佐々木先輩は覚悟ができてないんですか？」

「あ……あたしだって」

夏帆はそう言って、いきなり起き上がると、パジャマを脱《ぬ》ぎ始めた。

黒の下着姿のみになり、俺を見つめる。

「晴人は……あたしとしたい？」

「いや、えっと……」

「どっち？」

俺が返事をする前に、夏帆は俺に覆《おお》いかぶさろうとする。

甘い香りと、夏帆の下着姿が、俺をくらりとさせる。

そして、夏帆はそのまま耳元に唇《くちびる》を近づけ、ささやいた。

「あたしじゃ……ダメ？　やっぱり、あたしより水琴さんのほうがいい？」

下着姿の夏帆が、潤んだ瞳《ひとみ》で俺を見つめている。

好きだった女の子にそんなふうに言われると、くらりとする。

もし玲衣さんがいなければ。

きっと俺は夏帆を選んでいたと思う。

だけど……。俺はなんとか起き上がり、夏帆の魅力《みりょく》に抵抗《ていこう》しようとした。

そのとき、俺の背後に柔らかい膨らみが押《お》し当てられた。

「私のことも忘れないでくださいね……？」

と言ったのは、琴音だった。

玲衣さんがいなければ、きっと琴音と知り合うこともなかったし……こんなふうに同じベッドで寝ることもなかったはずだ。

正面からは下着姿の幼馴染に迫られ、背中には美少女の後輩《こうはい》に胸を当てられ。

二人の甘い香りに、くらりとする。

「私としたくないですか？」

背後から琴音がささやく。

「そんなわけには……」

「見返りなんて求めませんよ。まあ、姉さんから先輩を奪っちゃうかもですけど」

くすっと琴音が笑い、俺の耳元に息を吹《ふ》きかける。

夏帆は頬を膨らませて、俺を睨んでいた。そして、夏帆は覚悟を決めたように俺を抱きしめた。

完全に、前後両側から二人の女の子に挟まれる体勢になる。

「今はあたしのことだけ考えてよ……」

「そ、そう言われても、琴音が……」

「あら、先輩は佐々木さんより私のほうが好みですか」

俺が反論しようと、琴音を振《ふ》り返ると、ぴたっと琴音の人差し指が俺の唇に当てられる。

琴音はくすくす笑っていたが、その顔は真っ赤だった。そして、真剣《しんけん》な表情になり、俺を見つめる。

「私、姉さんにも佐々木さんにも負けません。きっと先輩を独《ひと》り占《じ》めしてみせます。でも、今は、三人でも我慢《がまん》してあげます。だから……」

玲衣さんに先を越《こ》されるぐらいならと、琴音と夏帆は二人で手を組むことにしたらしい。

まずい状況だ。

このままだと、本当に流されてしまう。そうなったらどうなるんだろう?

夏帆と、琴音と、玲衣さんと、三人の美少女と一緒《いっしょ》の退廃《たいはい》した生活を送ることになったら。

戻れなくなってしまいそうだ。

俺は勇気を振り絞《しぼ》って、二人を拒絶《きょぜつ》しようとした。

そのとき、

「何をやってるのかな？」

と言って部屋のふすまを開けたのは、すらりとした長身の美女だった。

Tシャツ一枚しか着ていないみたいで、その大きな胸の膨らみの形がはっきりとわかった。

そこにいたのは、俺の従姉《いとこ》の雨音姉さんだった。

「約束破りの悪い子たちにはお仕置きしないとね」

雨音姉さんは長い髪をかきあげ、にっこりと微笑んだ。

琴音はネグリジェの胸元をはだけていて、夏帆は下着姿。

そんな二人は、俺の部屋のなかで、雨音姉さんを前にしてうろたえていた。

もともと、琴音の提案で、屋敷の女子が抜け駆けして俺に迫らないか交代で監視するはずだったのに。

監視役《やく》の琴音も夏帆も、俺を誘惑《ゆうわく》しようとして、そのことが雨音姉さんにバレてしまった。

「二人ともレッドカード。退場」

と雨音姉さんは楽しそうに言う。

琴音が口をぱくぱくさせる。

「で、でも……」

「晴人君とエッチなことをするつもりだったでしょ？」

「ち、違《ちが》います……」

「なら、二人の格好はなに？」

うっ、と言葉に詰まり、琴音は目をそらした。

事実だから、反論できないんだろう。

「まったく……」

と雨音姉さんは大げさにため息をつき、胸を張る。

雨音姉さんもTシャツ一枚という姿だから、胸が軽く揺《ゆ》れ、俺はついそれを目で追ってしまった。

「あ、雨音さんだって、そんな格好、ダメなんじゃ……」

と夏帆が言いかけるが、雨音姉さんはにっこりと微笑んだ。

「大丈夫、だって、私は晴人君の従姉だもの」

と言って、雨音姉さんは、二人を部屋から追い出してしまった。

夏帆も琴音も若干《じゃっかん》、納得《なっとく》いかない様子だったけど、俺が雨音姉さんの言うことに従うよ

うに頼《たの》むと、二人ともしぶしぶ出て行った。

二人きりになって、俺《おれ》はほっと息をついた。

あのまま、夏帆と琴音に迫られていたら……どうなっていたかわからない。

俺は雨音姉さんに向き直る。

「助かったよ。雨音さんが来てくれなかったら……」

「あの二人を押し倒《たお》して、セックスしていた？」

と雨音姉さんはくすっと笑う。

直接的な表現に俺はどう答えればいいか、わからなかった。

雨音姉さんは俺の耳元でささやく。

「本当は私に邪魔《じゃま》されて、残念だったでしょ？　せっかく美少女二人とエッチできるチャンスだったのに」

「そ、そんなこと思ってない……」

「ふうん、ホントに？」

雨音姉さんは、俺に正面から近づいた。

そして、急に俺を抱きしめる。

「あ、雨音姉さん……？」

「昔は可愛《かわい》くていい子だったのに……今は可愛い女の子をいっぱいたぶらかして……」

「たぶらかしてなんかいないよ」

「でも、水琴さんも、佐々木さんも、遠見さんも、みんなあなたのことが好きでしょ？」

そう。それはそのとおりだ。

だけど……

思考は途中《とちゅう》で中断された。

雨音姉さんが、ぎゅっと俺に胸を押し付けたからだ。

さすがは二十一歳の大人の女性だけあって、雨音姉さんは玲衣さんたちよりも胸が大きい。

俺が小学生で、雨音姉さんが高校生だったときも、こういうふうに抱きしめられたことはあるけれど。

でも、今は、俺も高校生で、意味合いが異なる。

「晴人君、驚《おどろ》きの事実を教えてあげようか？」

雨音姉さんがいたずらっぽく微笑む。

ろくでもないことのような気がする。

「私ね、下着、つけてないの」

俺は思わず、雨音姉さんを凝視《ぎょうし》してしまった。

ぶかぶかのTシャツ一枚の雨音姉さんは、ブラジャーをつけていないらしい。

いや、ズボンみたいなのも穿《は》いてないみたいだし……Tシャツで下腹部は隠《かく》しているけど、もしかしたら、パンツも穿いてないのかも……。

よく見ると、雨音姉さんの白い綺麗《きれい》な太ももの付け根近くまで、露出《ろしゅつ》していて、俺は心臓がどきりと跳《は》ねるのを感じた。

雨音姉さんの胸の温かさと柔らかさは、かなりはっきり伝わってくる。

「さあ、晴人君……私をどうする？」

雨音姉さんは俺にぴったり密着して、楽しそうに、でも頬を赤くして、尋《たず》ねた。

雨音姉さんは、Tシャツ一枚のみを着た姿で、俺を抱きしめている。

今は深夜で、遠見の屋敷《やしき》の和室で、俺と雨音姉さんは二人きり。

「私をどうするつもり？」

雨音姉さんはからかうように、けれど恥ずかしそうに俺にもう一度言った。

近くには、布団もあって……。さっきまで俺は夏帆と琴音の二人とあそこで寝ていて、二人に抱きつかれていた。

「私ともそういうことをする？」

雨音姉さんは、俺の耳元に甘い声でそうささやいた。

風呂《ふろ》上がりなのか、ふわりとした良い香《かお》りがして、俺は動揺《どうよう》する。

「そ、そういうことを夏帆たちにさせないために、雨音姉さんがここに来たんじゃ……」

「私は従姉だからいいの」

「それはなんか違う気が……」

「それとも、従姉の私でも、緊張《きんちょう》する？」

雨音姉さんは俺を抱きしめながら、そう言った。

その柔らかさと温かさにくらりとする。

「こんなことして……もし俺が雨音姉さんと間違《まちが》いを起こしそうになったらどうするの？」

「へえ、やっぱり、晴人君、私にいけないこと、感じているんだ？」

「感じてない！」

「私の胸、水琴さんよりも夏帆よりも大きいでしょ？　触ってみる？」

雨音姉さんは、つんつんと自分の胸をつつく。

……さすがにおかしい。

雨音姉さんはいたずら好きだけど、こんなことをする人じゃない。

そう。普段《ふだん》なら。

そのとき初めて、俺は雨音姉さんが酒に酔《よ》っていることに気づいた。

目がとろんとしていて、息遣《いきづか》いが荒《あら》い。

「め、珍《めずら》しいね。雨音姉さんがこんなに酔うなんて」

「だって……他の子たちに晴人君をとられそうで心配で……」

雨音さんは上目遣《うわめづか》いで俺を見て、そんなことを言う。

「少し前までは、私だけが晴人君と一緒に住んでいて、晴人君と一緒にいるのは私の特権だったのに、今じゃ三人も美少女を侍《はべ》らせているし……」

「いや、それは誤解で……」

「三人とも晴人君とエッチなことをしようとしているのに？　私にだけはそういうことをしてくれないの？」

俺はうっと詰《つ》まる。雨音姉さんは寂《さび》しそうな目で俺を見る。

相変わらず、雨音姉さんは俺に抱きついている。

このままだと本当に雨音姉さんのことを、どうにかしてしまいそうだ。俺は誘惑に耐《た》え、雨音姉さんをまっすぐに見つめる。

「雨音姉さんは俺の従姉で、姉代わりで、大事な家族だから。そんなこと、できないよ」

「……晴人君の女たらし。そう言ってくれるのは嬉しいけれどね」

雨音姉さんは微笑んだ。

そして、雨音姉さんは俺を見つめた。

「ねえ、晴人君は……誰《だれ》を選ぶの？」

「え？」

「水琴さん、夏帆、それとも琴音？」

「選ぶだなんて、そんな……」

「だって、三人とも、晴人君のこと、大好きだもの。晴人君が自由に選ぶことができるの。決めないの？」

雨音姉さんは俺の耳元でそうささやいた。それは……一面では事実なのかもしれない。

だけど……そんな考え方をすることは、俺にはできなかった。

夏帆はずっと昔から俺のことが好きで、琴音は強引《ごういん》に俺の婚約者になろうとするほど俺を慕《した》ってくれている。

そして、玲衣さんも……俺のことを大好きだという。

睡眠不足の頭のなかに三人の顔が思《おも》い浮《う》かぶ。俺は……どうすればいいのだろう？

気付くと、雨音姉さんはすやすやと寝息《ねいき》を立てていた。酔ったせいでそのまま眠《ねむ》ってしまったのだろうけれど、いつのまにか俺の布団の中に潜《もぐ》り込《こ》んでいる。

あまりに無防備な格好に俺はどきりとする。雨音姉さんと一緒の布団で寝るわけにもいかないし、どうしたものか……。

そのとき、俺の携帯《けいたい》電話の画面がぴかりと光った。メッセージが来ている。

『来てほしいの』

その短いメッセージを送ってきたのは……玲衣さんだった。

☆

俺は屋敷の離れの外に出た。冬の冷たい風が厳しいのでコートも羽織って、手袋《てぶくろ》とマフラーもしている。玲衣さんに呼び出されたのは、屋敷の庭園だった。

さすが遠見家の大豪邸《だいごうてい》だけあって、離れと本邸《ほんてい》のあいだには、広々とした庭園が広がっている。かなりの大きさの池まであって、その端《はし》には立派な東屋《あずまや》がある。

その東屋の屋根の下、二人がけの椅子《いす》に玲衣さんは座《すわ》っていた。

玲衣さんもおしゃれなベージュのコートを着ていたけれど、マフラーや手袋はしていなくて、ふうっと息を手に吹きかけて温めているみたいだった。

「玲衣さん？」

俺が少し離れた位置から声をかけると、玲衣さんがこちらを振り向き、ぱっと顔を輝かせた。

「来てくれたんだ？」

「玲衣さんに呼ばれて、行かないわけないよ」

「そっか。佐々木さんたちより……わたしを優先してくれたんだね」

ふふっと玲衣さんが笑う。玲衣さんは、俺の部屋にいるのは夏帆と琴音だと思っている。

実際には、俺の部屋にいたのは二人を追い出した雨音姉さんなのだけれど。

ただ、雨音姉さんを置いて、俺がここに来たことには変わりない。そういう意味では、玲衣さんを優先したとも言える。ちなみに、雨音姉さんには毛布をかけておいたし、風邪《かぜ》を引いたりはしないはずだ。

「それで、こんなところに呼び出したのは、どうして？」

「理由がないとダメ？」

「え？」

「晴人くんに会いたかったから。ただ、それだけ。他に方法を思いつかなかったの」

玲衣さんはきれいな声で言い、そして目を伏せる。部屋では夏帆や琴音、雨音姉さんに監視されているから、たしかに俺を呼び出すしか手はないけれど。

「わたしのわがままだって、わかってる。こんな寒い夜に、晴人くんを外に呼び出すなんて……」

「それは気にしなくていいよ」

「本当？」

「本当だよ。でも、何か理由はあるんじゃない？」

俺に会いたかったという玲衣さんの言葉は嘘ではないと思う。でも、俺にはもうひとつ理由がある気がした。

玲衣さんはうつむく。

「晴人くんがここに来てくれるか、試《ため》したの。わたしなんか、晴人くんにとってどうでもいい存在なんじゃないかって思って……不安で……」

「そんなことないよ」

「でも、わたしが一番何もないもの」

「え？」

「佐々木さんは晴人くんの幼馴染で初恋《はつこい》の人。雨音さんは晴人くんの従姉で大事な家族。それに、琴音は晴人くんの婚約者になるって聞いたの」

「ごめん。知ってたんだ」

いつのまにか、玲衣さんは誰かから琴音との婚約《こんやく》の件を聞いたらしい。玲衣さんが青い瞳を揺らす。

「婚約のことはお祖父様《じいさま》が勝手に決めたことだって、わかってる。それでも羨《うらや》ましいの。だって……他のみんなと違って、わたしには何もない。クラスメイトで、偽物《にせもの》の恋人《こいびと》で、少しだけ血がつながっていて……どれもダメ。わたしが、晴人くんにとって、一番どうでもいい存在な気がして」

「どうでもいい存在なんかじゃないよ。そんなわけない」

「でも、わたしはそう思っちゃうから。だからね、わたしも晴人くんの何かになりたいなって。晴人くんの特別が、わたしも欲しいの」

「玲衣さんは……」

俺にとって、家族みたいなものだ、と以前は言った。でも、玲衣さんが欲しいのは、きっとそんな言葉じゃない。

玲衣さんがくすりと微笑み、そして、夜空を見上げた。

「星が綺麗……」

玲衣さんが透《す》き通るように綺麗な声でつぶやく。つられて、俺も星空を眺めた。

この地方都市は、中心市街地以外は夜になると本当に真っ暗だ。遠見の屋敷があるあた

りはなおさらで、屋敷は母屋も離れも、ごくわずかな常夜灯が点《つ》いているだけだった。

月明かりしかないような場所だからこそ、空を埋《う》め尽《つ》くすほどの数の星を見ることができる。俺のアパートの近くから見るよりも、ずっと綺麗だ。

満天の星、という言葉は、こんな夜空にふさわしいのだと思う。

「あれがシリウス、プロキオン、ベテルギウス」

玲衣さんが歌うように白い人差し指で星々を指差していく。いわゆる冬の大三角形だ。

数え切れないほどの星が、美しく夜空に輝《かがや》いている。俺はぽつりとつぶやく。

「この町の良いところなんて、そんなに思いつかないけれど……」

「この夜空は素敵《すてき》だよね。わたしがこのお屋敷で一人ぼっちだったときから、この星空だけは綺麗だなって思ってたの」

「もし東京とか、他の町に行ったら、この星空も見られなくなるね」

「だから、わたしはこの町に残って良かったなって思ってる。晴人くんがいる、この町に」

玲衣さんは幸せそうに、俺の名前を発音した。どきりとして玲衣さんを見ると、玲衣さんはいたずらっぽい笑《え》みを浮かべた。

「わたしね、晴人くんに夜這《よば》いをするつもりだったの。佐々木さんの推測通りね」

「よ、夜這いって……」

「言葉通りの意味。わたしには何もないから、晴人くんを押し倒して、初めてをもらおうと思った。でもね……」

玲衣さんは自分の小さな手を見つめた。その青い瞳には強い意志の光があった。

「晴人くんがわたしのことを好きになってくれないと意味がないもの。それに、そんな手段を使わなくたって、晴人くんはわたしのことを選んでくれるって信じてる」

「俺は……」

「ねえ、晴人くん。晴人くんとわたしの関係は、わたしが望む通りにしていいって言ったよね？」

そう。たしかに俺は、玲衣さんと会ったばかりの頃《ころ》にそう言った。

そのとき、玲衣さんの左手の薬指に、白銀色の指輪がはめられていることに気づいた。

普通に考えれば、それは結婚《けっこん》指輪だった。俺は衝撃《しょうげき》を受ける。だ、誰が相手なんだろう……？

硬直《こうちょく》する俺の左手に、玲衣さんがそっと触《ふ》れた。そして、俺の手になにか白銀色に輝くものを握《にぎ》らせる。俺は手を開いて、玲衣さんから渡《わた》されたものをまじまじと見つめた。銀色に輝くそれは……玲衣さんのものと同じ結婚指輪だった。

「れ、玲衣さん？　これはいったい……？」

「結婚指輪だよ」

玲衣さんが真面目《まじめ》な表情で言うので、俺は混乱する。

俺と玲衣さんが結婚指輪……⁉　そもそもどうやってこの指輪を用意したんだろう？

俺がそれを言うと、玲衣さんは慌てた表情になった。

「も、もちろん買ったものじゃなくて……それはお父さんとお母さんの形見なの」

「え？　でも、玲衣さんのお母さんは……」

「愛人だったけど、でも二人は愛し合っていて結婚するつもりだったから。駆《か》け落ちしたあとには、結婚している人と同じように指輪をしていたんだって」

「そうなんだ……」

「事故のあと、この指輪はわたしが受け継《つ》いだの。でも、片方は晴人くんにあげる」

「そ、そんな大事なものを俺がもらっていいの？」

「晴人くんだから、あげるんだよ。だって……」

玲衣さんが俺の耳元に、その赤い瑞々《みずみず》しい唇を近づける。

「今はまだ、わたしは晴人くんにとって何者でもないけれど、いつかは……晴人くんのお嫁《よめ》さんになりたいんだもの」

「お、お嫁さん⁉」

俺が問い返すと、玲衣さんはみるみる顔を赤くした。言ってから、恥ずかしくなってきたらしい。

「も、もちろん結婚なんてだいぶ先だけど……お守りみたいなものだから。晴人くんとずっと一緒にいられたらな良いなって思ったの……」

ご両親の形見の指輪。その片方を、俺に渡して、お嫁さんになりたいと言う。

それはもう、プロポーズみたいなものだ。

玲衣さんは深呼吸して、そして、俺とまっすぐに向き合う。

「佐々木さんにも、琴音にも、雨音さんにも負けないんだから。最後に勝つのは、わたしだもの」

「玲衣さん、俺はまださ、玲衣さんと夏帆のことを、決めきれていない。もしかしたら俺は……玲衣さんの望みに応《こた》えられないかもしれない。それなのに、ご両親の形見の指輪を預かるなんてできないよ」

「いいの。わたしの大事なものをあげるから、晴人くんの大事なものをわたしにくれれば、それで満足だから」

「俺の大事なものって……」

俺の言葉はさえぎられた。

玲衣さんが俺の手をそっと引いたからだ。俺は前のめりになり、同時に玲衣さんは背後の東屋のベンチに倒れ込む。銀色の髪《かみ》が乱れ、その場にふわりと広がった。

ちょうど俺が玲衣さんを押し倒すような格好になっていた。

「玲衣さん……？」

「晴人くんに押し倒されちゃった……」

「俺は押し倒していないよ」

「そうだね。悪い子のわたしがそういうふうにしたんだもの」

玲衣さんが「してやったり」という表情で片目をつぶってみせる。それから、玲衣さんは俺を見つめ、急に顔を赤くした。

「これ、思ったよりよりも……恥ずかしいかも。それに、わたし、もう晴人くんから逃《に》げられないね」

「……玲衣さんが自分でしたことだよね？」

「わかってるけど……。ね、晴人くん。やっぱり上からどいてくれない？」

「嫌《いや》だと言ったら？」

俺は冗談めかして、そう言い返してみる。ちょっとぐらいなら、からかわれた仕返しをしてもいいだろう。

でも、玲衣さんは冗談だと思わなかったみたいだ。

「晴人くん……」

玲衣さんがぎゅっと目をつぶり、そして、びくっと震《ふる》える。玲衣さんは俺に何かされるのを受け入れるように、その身体を投げ出していた。

俺はどきりとする。玲衣さんの身体は、今、俺の腕のなかにあった。その唇も、胸も脚も……俺の目の前にある。

「やっぱり、は、晴人くんが……そういうことしたいなら、いいよ？」

玲衣さんが小さな声でそう言った。俺は玲衣さんに手を伸《の》ばし――。

「ごめん。何もしないよ」

俺はそっと玲衣さんから離《はな》れた。玲衣さんは「え？」とつぶやいて目を開く。

そして、顔を真っ赤にして頰《ほお》を膨《ふく》らませた。

「晴人くんの嘘つき。意気地《いくじ》なし！」

「い、いや、俺は何かするなんて言ってないし……」

「わ、わたしがこんなに恥ずかしい思いをしたのに……」

玲衣さんは「ううっ」と涙目《なみだめ》でつぶやく。

「ご、ごめん」

「……晴人くんも少しぐらい、何かしてほしいな」

「え？」

「わたしばっかり恥ずかしい思いをするのは不公平だもの。そうしてくれないと許さないんだから」

必死な表情で駄々《だだ》をこねるように言う玲衣さんに、俺はくすっと笑う。

「なんで笑ってるの？」

「いや、玲衣さんが可愛いなって思って」

玲衣さんは照れたように目を伏《ふ》せる。

「そ、そんなことを言われても、誤魔化《ごまか》されないんだから」

「わかってる」

俺が玲衣さんをからかおうなんて思ったのが悪いんだ。それはそのとおりだと思う。

だから――。

俺はそっと玲衣さんに覆いかぶさった。

「あっ……」

玲衣さんが短く吐息《といき》を漏《も》らす。玲衣さんは一瞬《いっしゅん》びくりと震え、そして、幸せそうに俺を受け入れていた。

☆

結局、俺は玲衣さんを抱《だ》きしめただけで、すぐにそれぞれの部屋へと戻《もど》った。そのままだと風邪を引きそうだったし、それでも玲衣さんはご機嫌《きげん》だったし。ただ、俺の手元には結婚指輪が残っている。

部屋に戻ったら、「どこ行ってたの？　寂しかったのに」と甘《あま》えるような雨音姉さんに抱きつかれ、その直後に夏帆と琴音がふたたび乱入して俺と雨音姉さんを引き剥《は》がした。

二人は俺と雨音姉さんの様子が気になって戻ってきたらしい。「やっぱり、雨音さんも警戒《けいかい》しなきゃ……！」と夏帆が顔を真っ赤にしてつぶやいていた。

雨音姉さんは残念そうにして、それから舌をぺろりと出してくすっと笑っていた。

こうなることを予想していて、俺をからかっていたんだと思う。

雨音姉さんに抱きつかれていたところを、夏帆たちには目撃《もくげき》されてしまった。

だから、二人の目がちょっと冷たい……。

「やっぱり、晴人先輩《せんぱい》って胸が大きい人が好みなんですね？」

「いや、そういうわけじゃなく……」

隣《となり》を歩く琴音が、ジト目で俺を睨《にら》む。

今、俺と、玲衣さん、夏帆、琴音の三人は、一緒に朝の町を歩いていた。

アスファルトの下り坂だ。琴音も途中までは一緒だし、四人で一応登校中なわけだけれど……。

突然《とつぜん》ひしっと琴音が俺の腕《うで》に抱きつく。まるで胸を押し当てるかのように。

「こ、琴音⁉」

「前も言いましたけど、私はまだ成長途中ですからね！」

「せ、成長途中って……」

俺は思わず、琴音の胸を見る。制服の上からだけれど、小さな膨らみがはっきりと見て取れた。それが今、俺に押し当てられている。

くすっと琴音は笑った。

「私は晴人先輩の婚約者《こんやくしゃ》ですから。成長して結婚したら、いつでも私の胸を触《さわ》り放題です」

そう。

いまや琴音は名目上、俺の婚約者のようになっている。遠見家の力によるものとはいえ、琴音と俺が将来結婚することを求められているのは事実だ。

この状態では、玲衣さんにしても夏帆にしても、付き合うことはできない。

琴音はとても嬉《うれ》しそうだった。

「子どもは何人がいいですかねー。女の子だったら、私のような可愛い子になるでしょうし、楽しみですね♪」

「琴音ちゃん……調子に乗りすぎじゃないかな」

横から夏帆が口をはさむ。むうっと頬を膨らませて、俺と琴音を見比べている。

そして、夏帆もえいっと俺の腕に抱きついた。

夏帆はにやりと笑う、そして、胸の双丘《そうきゅう》のあいだに俺の腕をはさむようにする。

「あたしの方がずっと大きいものね。どう？」

「ど、どうって……」

たしかに夏帆のほうがずっと体つきは女性的で、大人びている。

俺が赤面したのを見て、してやったりと夏帆の顔が嬉しそうにほころんだ。

今度は琴音が不満そうに言う。

「夏帆さん、ずるいですよ！　色仕掛《いろじか》けなんて卑怯《ひきょう》です！」

「最初にやったのは琴音ちゃんでしょう？」

二人の美少女が俺の両脇で言い合う。そのあいだも、二人は俺にその柔《やわ》らかい胸の膨らみを押し当てている。

　思わずくらりとしそうになり、ふと気づく。

「夏帆と琴音、いつのまにか仲良くなった？」

「どうしてそう思うんですか？」

　琴音が不思議そうに問う。

「前は『佐々木先輩《せんぱい》』と『遠見さん』って呼び合っていたのに、今は『夏帆さん』と『琴音ちゃん』だったから」

　夏帆と琴音は顔を見合わせ、そしてくすくす笑った。

「うん。あのあと琴音ちゃんとはいろいろあったものね」

「一緒に晴人先輩の初めてを奪《うば》おうとした仲ですものね」

　昨日の夜、二人から同時に寝室《しんしつ》で迫《せま》られたときはどうしようかと思ったけれど、夏帆と琴音が親しくなったのなら、それはそれで良かったのかもしれない。

　あとは……。

　俺は二人の顔を見比べた。

「ええと、それで、腕を放してくれない？」

「ダメだよ」「ダメでーす」

　夏帆と琴音はほとんど同時にそう言って、そしてくすくすと笑った。

本当に仲良くなってしまったみたいで、これはこれで困るかもしれない……。

そんななか、玲衣さんだけは一人静かで、俺と目が合うとふわりと柔らかく微笑《ほほえ》んだ。

昨夜、玲衣さんと二人きりだったときのことを思い出す。

玲衣さんが「わたしだけ、何もない」と言っていたことを思い出し、心がちくりと痛む。

俺は……玲衣さんの力になりたい。でも、今の状況《じょうきょう》は……。

ちょうど交差点に差し掛《か》かる。信号が赤になった。夏帆と琴音が、玲衣さんを振り返る。

玲衣さんがあまりにも落ち着いているので、気になったらしい。

「水琴さん……あたしたちみたいに晴人とくっつかなくていいの？」

「そうですよね。以前の姉さんだったら、もっと焦《あせ》っていたはずです」

夏帆と琴音が口々に言う。玲衣さんは銀色の髪を軽く右手でかき上げると、自信たっぷりな笑みを浮かべた。

「大丈夫《だいじょうぶ》。最後に晴人くんの一番大事なものをもらえるのは、わたしだって信じてるから」

あとがき

こんにちは。軽井広です。一巻から約二ヶ月の早さで二巻が出ることと相成りまして、読者の皆様には手にとっていただき感謝感激です。本当にありがとうございます。

まず、おかげさまで、なんと三巻も出ます……！　ということで、このあとがきを書いている現在は、三巻の原稿を頑張って書いてます。あと銀髪美少女がメインヒロインの別作品のコミックスも近々出る予定があるので、見かけたら手にとっていただけたら嬉しいです。

以下、簡単な二巻目の解説……ではなく、やはり小ネタです。本編の内容に触れるので読了後にお読みいただくこと推奨です。

☆――雨音さんの読んでいる本
〝The Daughter of Time〟は、『時の娘』として日本語訳が出ています。足を怪我した警察官が病室で歴史のことをずっと考えているだけの小説ですが、これがなかなか面白いん

です。晴人&雨音さんはミステリ好きなので、アパートの部屋の本棚には海外ミステリがたくさん並んでいる……という感じです。

☆――WEB版からの加筆

本作は二〇一九年八月から「小説家になろう」様に掲載していまして、その後、「HJ小説大賞二〇二一前期『小説家になろう』部門」を受賞させていただいたものです。二巻はWEB版からかなり新たなシーンを加筆していまして、晴人&玲衣さんの商店街でのお買い物、寝ている晴人への玲衣さんのいたずら、二人での記念写真撮影、そして結婚指輪(!)のプレゼント……と盛りだくさんです。ぜひぜひWEB版読者の方も、晴人&玲衣さんの新たなイチャつきを楽しんでいただければと思います!

そして、二巻目も魅力的で美しいイラストを描いていただいた黒兎ゆう先生、ありがとうございました! 新キャラの雨音さんたちも素敵で魅力的にデザインいただき大変嬉しく思います。他のヒロインと張り合う玲衣さんも、甘えたり照れたりする玲衣さんも、ちょっぴりエッチな玲衣さんも、どのイラストもとてもとても可愛いですね! また、編集のA様には二巻も諸々丁寧にご意見いただきありがとうございました。大変助かりました。

三巻の初稿も締切までに提出しますね……！　様々な形でこの本に関わっていた方々にも深く深く感謝しています。

二巻も手にとっていただいた読者の皆様、誠にありがとうございます！　面白いとおっしゃっていただける方がたくさんいて、とても嬉しいです。リアルやＳＮＳ等での布教もよければぜひぜひよろしくお願いいたします！

次巻予告のとおり、三巻は、晴人と玲衣さんが遠見家に二人で立ち向かう話です。そこに、雨音さんの複雑な想いがからまり……⁉　続きが気になると思っていただけましたら、忘れず三巻もご予約ないし発売日付近にご購入いただければ幸いです！　では、またどこかで！

クールな女神様と
一緒に住んだら、甘やかしすぎて
ポンコツにしてしまった件について
3
次巻予告
玲衣《れい》の祖父で遠見家の当主である総一朗《そういちろう》により、玲衣の異母妹・琴音《ことね》の婚約者に指名された晴人《はると》。
当の琴音が婚約に乗り気で話が進んでいく中、それを阻止したい玲衣は目を背け続けてきた遠見家の因縁についに向き合うことを決意する！
一方で従姉の雨音《あまね》もまた、家族として心の奥底に秘めていた晴人への想いが抑えきれなくなって——!?

2023年春頃発売予定!!
恋の波乱は
クリスマスの
聖なる夜に
巻き起こる!

HJ文庫 https://firecross.jp/
1038

クールな女神様と一緒に住んだら、甘やかしすぎてポンコツにしてしまった件について2

2022年10月1日　初版発行

著者——軽井 広

発行者—松下大介
発行所—株式会社ホビージャパン

〒151-0053
東京都渋谷区代々木2-15-8
電話　03(5304)7604（編集）
　　　03(5304)9112（営業）

印刷所——大日本印刷株式会社

装丁——AFTERGLOW／株式会社エストール

Printed in Japan

ISBN978-4-7986-2968-1　C0193

ファンレター、作品のご感想
お待ちしております

〒151-0053　東京都渋谷区代々木2-15-8
(株)ホビージャパン HJ文庫編集部 気付
軽井 広 先生／黒兎ゆう 先生

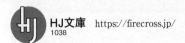

「それに晴人くんがいれば、
ぜんぜん怖くない気がするもの」
ゴンドラはだんだんと高度を上げていった。
玲衣さんは俺にしがみついたまま、耳元にささやきかける。
「もう少しだけ、
こうしていていい？」

「晴人君！　久しぶりね！」
そういうと、雨音姉さんは
ぴょんと跳ねるように俺に飛びついた。
玲衣さんと夏帆はいつの間にか起きてきていて、
俺たちを見て顔を赤くしていた。
秋原雨音
AMANE AKIHARA
留学先のアメリカから帰国した
晴人の従姉。
晴人のことを実の弟のように可愛がる、
頼りになるお姉さん。

「じゃ、行こっ、晴人！」
「ずっ、ずるい！
わたしも晴人くんと
腕を組むんだから！」
二人の少女が左右にいて、
その甘い香りに俺はくらくらさせられた。
もしかして、このまま
学校に行くんだろうか？